Chara

あの頃、僕らは三人でいた

キャラ文庫

この作品はフィクションです。
実在の人物・団体・事件などにはいっさい関係ありません。

目次

あの頃、僕らは三人でいた

口絵・本文イラスト／yoco

　できることなら気づきたくなかった。友達が——しかも、親友だと思っている相手が、自分に対して恋愛感情を抱いている、なんてことに。

1

　誰もいない夕方の教室。岡崎《おかざき》春《しゅん》は昨夜遅くまで夢中になって本を読んでいたため、友人の片《かた》岡《おか》希実《のぞみ》を待っている間、うとうとしてきてしまっていた。

　もう、起きていられない。いつしか顔を伏せ眠り込む。

　遠く、ドアが開く音がする。ああ、希実がやっと来たんだろうな、と気づきはしたが、眠気が勝り目を開けることができなかった。

　自分の前の席の椅子《いす》が引かれ、腰を下ろした気配がする。ごめん、今、起きる。半分寝ぼけながら春がそう言おうとしたそのとき、ふわ、という感触を髪に得た。

　長く繊細な指が自分の髪を梳《す》いている。ちょっとくすぐったい。でも気持ちがいい。心地よさから春は再び、眠りの世界に引き込まれそうになっていた。

そのとき――。

前髪をかき上げられ、額が露《あら》わになったのを感じた直後、その額に温かな感触を、確かに春は得た。

え――？

柔らかな感触。これは一体なんなのか。

「……春……」

直後に呟《つぶや》かれた己の名。声がしたと同時に熱い吐息を額に感じた春は、自分の身に何が起こったのかをその瞬間、察知した。

キス――されたのだ。額に。

冗談に違いない。そう思おうとした。が、己の名を呼ぶ声は酷《ひど》く思い詰めたものだった。

再び指先が優しげに動き、春の髪をかき上げる。

嘘《うそ》だ。違うよね。今、何をした？

すぐにも目を開き、己の髪を梳き続けている人物に――希実に問いかけるべきだとは思った。が、どうしてもその勇気が出なかった。

ああ、やっぱりそうなのか。

心のどこかで納得している自分を見つけてしまったからである。

だがいつまでも寝たふりはしていられない。瞼《まぶた》がぴくぴくと動いてしまったのをきっかけに、

春はできるかぎりわざとらしくない仕草を心がけつつ、

「んー」

と小さく唸《うな》りながら目を開けた。

「おはよう、春」

髪からすっと手を引き、希実が春を見下ろして微笑《ほほえ》む。

「ごめん、寝ちゃってた」

自分の笑顔が不自然でなければいい。春は目を擦りながら身体を起こすことで顔を隠そうとした。

「読み終わったんだ。あの受賞作」

問いかける希実の声は屈託がなく、どこまでも明るい。

夢でも見たのかもしれない。いや、そうに違いない。春は自分に言い聞かせることでそれが事実だと思い込もうとしたが、額に得た感触も、耳に響いた名を呼ぶ声も、夢の世界のものとして片付けるには現実味《リアリティ》がありすぎた。

どうして——？　どうして希実は僕にキスを？

問いかけたい。だがその勇気はない。本人に気づかれぬよう、春はこっそりと、希実の顔を——同性でも憧れずにはいられないほどに整った男らしいその顔を見やったのだった。

春は都内の私立大学に通う、いたって平凡という自覚のある学生だった。経済学部の二年生で先月二十歳になったばかりである。

春の大学には付属の中学校と高校がある。春は中学までは公立校に通っていたが、少し背伸びをして受けたこの高校に合格し、そのままエスカレーター式に大学へと進んだ。男女共学のその学校は世間からは『名門』の呼び声が高かったが、その評価は学力に対してというよりはどちらかというと通っている生徒たちの家庭環境に対して向けられたものだった。

早い話が、いわゆる『いい家のご子息、ご令嬢が通っている』ということである。

とはいえ、そうした評価は中学校からの持ち上がりの生徒に向けられたものであり、彼らは春から見ても自分とは別世界の存在に思えた。が、高校や大学から入学した生徒は春のような、普通のサラリーマンの親を持つ子が大半だった。

春が自分のことを『いたって平凡』と思うのは、同級生の『ご子息・ご令嬢』と自分の家庭や自身の金銭感覚を比べてのものと、また、容姿も成績も、友人の数も、いかにも中庸《ちゅうよう》だと認識しているためだった。

彼のそうした認識は当然ながら比較対象があってのもので、その対象とは親友の希実だった。

高校二年のときに春のクラスに転入し、隣の席になったのが縁ですぐに仲良くなった希実は、春の目から見ても、そして周囲の評価も『非凡』としかいいようのない、容姿も学力も身体能力もすべてにおいて優れている、そんな男だった。

身長百七十三センチの春に対し、希実は百八十二センチ。高校時代の成績も春がクラス内で十番前後であったのに対し、常に学年トップだった。

運動神経もよく、体育祭でも希実は花形で、リレーのアンカーを務め校庭を沸かせていた。

容姿もまた、生粋の日本人であるのにハーフかクオーターとよく間違われる濃い顔立ちで、休日に繁華街を歩いていると、女子学生から逆ナンされたり、芸能事務所を名乗る人物にモデルにならないかとスカウトされる場面に春は何度も遭遇した。

そして親の職業。春の父親は自動車メーカーの技術職であるのに対し、希実の父は外交官で、希実が途中から高校に編入してきたのも、その前年まで父の英国駐在に同行していたためだった。

何もかも、自分とは比較にならないほどに優れている希実ではあったが、春は希実といるときにはそうした『格差』を感じたことがなかった。

確かに容姿も学力もあらゆる能力が自分とは対比にならないほど勝っているということは春も認識していたが、その認識を易々と超えるほどの親しみをお互い抱いていると、日々の会話や行動から感じ取っていたためだった。

その希実が、自分を好きなのではないか。

『好き』という感情は勿論《もちろん》、春も希実に対して抱いている。が、それは友情の『好き』である。だが希実が自分を『好き』な気持ちは友情ではなく恋愛感情——しかも肉欲を伴うものなのではないかと思われるような出来事がまさに今、あった。

額へのキスである。

そもそもなぜ、春と希実が教室で待ち合わせていたかというと、彼らは『ミステリ研』というサークルに属しており、そのサークル活動のために先に講義が終わった春が空き教室を見つけて希実にメールをし、そのまま寝入ってしまった、というわけだった。

サークルと言ってもメンバーは春と希実の二名だけの弱小サークルであるため、活動も常に二人きりでしていたのである。

大学入学時、二人は色々迷った挙げ句に『ミステリー愛好会』というサークルに入った。『ミステリー愛好会』はOBやOGに著名なミステリー作家がいることもあって、学内のサークルの中でもメジャーな存在であり、所属する学生の数も多くトータルで百名以上いて、サークル活動も週に三日開かれる『ゼミ』等、活発だった。

春はもともとミステリーが好きで、それで希実を誘って『ミステリー愛好会』に入ったのだが、活動に参加してみると自分たちと周囲の学生の間に温度差を覚えた。

マニアとしかいいようのない彼らとの会話についていかれないものを感じていたところ、希実がちょっとしたトラブルに巻き込まれたこともあって、春は希実と共に『ミステリー愛好会』を辞め、自分たち二人で『ミステリ研』という新たなサークルを作ったのだった。『ミステリー愛好会』から独立した、という形を取ってはいたが、反目はしたくなかったため、活発な勧誘活動も行わなかった。

実際、二人きりのサークル活動というのも気楽だった。空いている教室でそれぞれが読んだミステリー小説について語り合う、そんな二人だけの活動を春も楽しんでいた。

――ついさっきまで。そう、額にキスされるまでは。

昨夜春はほぼ完徹に近い状態で、先頃ミステリー界では最も有名といっていい賞に輝いた長編小説を読破した。その感想を語り合うために春から希実を『サークル活動をしよう』と誘ったのだが、まさかこんなことになろうとは思っておらず、こうしていざ、話し合おうとすると額へのキスのことを思い出し、言葉に詰まってしまうことが続いた。

「眠い？」

希実は、春がキスに気づいていることにはそれこそ気づいていないようだった。春の胡乱《うろん》な様子を寝不足が原因と思ったらしく、何度となく気遣ってくれたので、彼の心配を春は利用させてもらうことにした。

「ごめん、やっぱり今日は帰って寝るね」

「それがいいよ」

希実は春の言葉をそのまま信じたようで、笑顔で頷《うなず》くと「送っていこう」と申し出てくれた。

「大丈夫だよ」

「寝過ごし防止に送るよ」

希実の思いやり溢《あふ》れる言動はいつもまるで同じものではあった。が、昨日までと今日とでは、春にとってそれは天と地ほどの差を感じさせた。

「いいよ」

「送るって」

固辞しすぎると不自然に思われるかもしれない――そんなことを自分が考えていることに戸惑いを覚える。

気づかれたら困るのは『気づいた』自分ではなく、こっそりと額にキスした希実のほうだろうに。理屈でいえばそうだ。だが、春は理屈よりも気づかれたくないと願う自分の願望に従った。

希実は大学の近くで一人暮らしをしている。大学からは徒歩二十分だが、駅からは徒歩五分という賃貸マンションは2LDKで、大学生が住むには贅沢《ぜいたく》といえた。

希実が一人暮らしをするようになったのは、父親の海外赴任のためだった。希実が大学に入学したのとほぼ同時に米国に着任した希実の父は、一人息子のために大学近くにマンションを用意してくれたのだが、父親にとって、そして彼の母親にとっても百平米近い広さの2LDKのマンションは大学生には分不相応、という感覚がないようだった。

徒歩通学に加え、アルバイトも大学近所に住む女子中学生の家庭教師であるがゆえ、希実が電車に乗る機会はほぼないといっていい。数少ない機会というのが春と遊びに行くときと、春を自宅まで送っていくときなのだった。

春の自宅は大学の最寄り駅から五つ離れたＪＲの駅の近くだった。大学が駅から少し離れているため、通学時間は四十分ほどかかったが、二年生になってからはラッシュアワーに電車に乗る機会も減ったため、辛《つら》いと思うことはあまりなかった。

電車内で希実と共有する十五分ほどの間、座れたこともあって春は寝たふりをして過ごすことにした。眠いと言っていたのがよかったのか、希実が話しかけてくることもなく、顔を伏せたまま春は、降車駅までの時間が今日はやたらとかかるなと、心の中で溜《た》め息《いき》をついた。

よく考えれば、希実が自分を家まで送るケースが頻繁にあるということ自体、不自然だ。以前、なぜ送ってくれるのかと聞いたことがあったが、そのときの希実の回答は確か『もう少し話したいから』というものだった。

希実と話しているのは楽しい。なので少しも疑問を抱かなかったが、もし自分が逆の立場だったら、果たして希実と同じことをするだろうか。電車賃をかけ、時間をかけ、希実を送っていくだろうかと想像した春は、『否』という答えしか頭に浮かばないことに密《ひそ》かに溜め息を漏らした。

『もう少し一緒にいたい』

希実はそう思っていたのではないのか。なぜ？　それは春が好きだから。

困った――またも溜め息をつきそうになっていた春に、希実が声をかけてくる。

「もうじき着くよ」

ようやく目的の駅に到着するらしい。声をかけるだけでなく、希実は春の身体を揺さぶり起こそうとしてくれた。

「ありがとう」

今、目覚めたふりをしながら春は顔を上げ、希実を見た。希実もまた春を見る。

「大丈夫？　ちょっと顔色悪いみたいだよ」

希実が心配そうに声をかけてくれたそのとき、電車はホームに滑り込んだ。

「大丈夫。ちゃんと寝るよ」

よかった、今より早く起こされなくて。心の底から安堵《あんど》しつつ春は希実に微笑むと、未だ心配そうにしている彼と共に電車を降りた。

「あ、ちょうど上りがいるよ」

反対側のホームには上り電車が入線しており、発車ベルが鳴り響いていた。

「それじゃあ」

手を振る春に希実は何か言いかけたものの、すぐさま笑顔になると、

「それじゃ。また明日」

と彼もまた手を振り、近くのドアへと走っていった。春は彼を見送ることなくエスカレーターへと向かう。

プシュ。

電車の扉が閉まる音が背後で響く。

そのまま春は振り返らずにいようとした。が、深層心理では気になっていたのだろう。気づけば電車を振り返っていた。

「…………」

ドアのすぐ内側に佇《たたず》んでいた希実と目が合う。希実が笑顔になり、手を振ってきた。その様子を春は呆然《ぼうぜん》とその場に佇み眺めていた。

希実は多分、ずっと自分の背を追っていた。だからこそ振り返った瞬間、目が合ったのだ。

「……どうしよう……」

思わず呟いていた自分の声に、春は我に返った。

きっと今の自分は情けない顔をしているに違いない。自覚はあるが堪えようとしても溜め息が漏れてしまうことは回避できず、春は顔を伏せ帰路を急いだのだった。

帰宅後、春は母親に「夕食はいらない」と言い置き、自室にこもった。

ベッドに身体を投げ出し、枕に顔を伏せた彼の脳裏に、先ほどされたばかりの額へのキスの感覚が蘇《よみがえ》る。

あれは冗談だったのだ。もしもあのとき自分が起きて騒げばきっと希実はこう言ったに違いない。

『眠り姫は王子のキスで目覚めるっていうじゃないか』

いかにも彼が言いそうなことではあった——が、もしも冗談でしたのなら、もっと大仰《おおぎょう》に、それこそ敢えて大きな音を立て、自分を起こすくらいの勢いでキスしたのではないか。春にはそう思えて仕方がないのだった。

冗談ではないのなら、なぜしたのか。

『したかったから』

その可能性しか思いつかない。

なぜしたかったのか。

その理由を考えるのには、希実との出会いから今日まで共に過ごした日々を思い起こさずにはいられない。枕に顔を伏せたまま春は、高校二年生のときに見上げた五月の空を思い出していた。

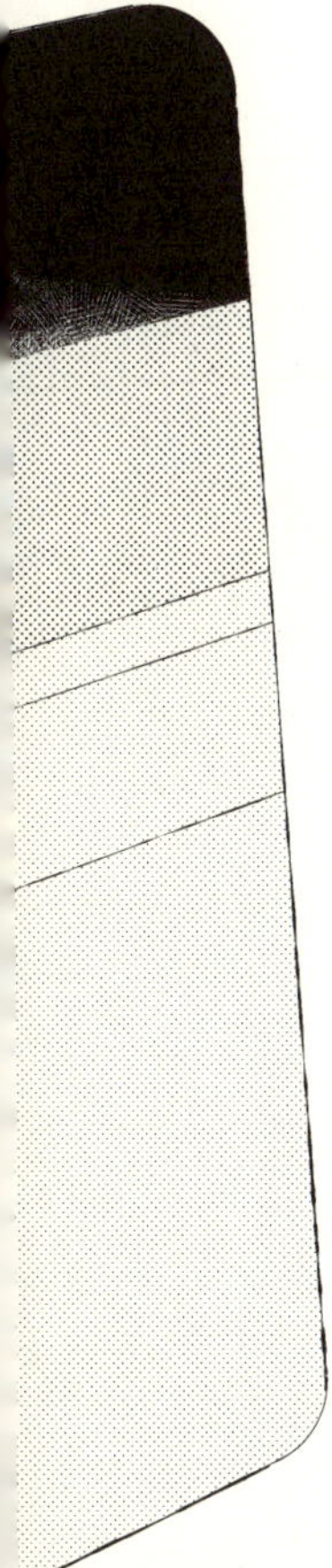

ゴールデンウィーク明けに希実が春のクラスに編入してきた。編入生が英国からの帰国子女ということと『片岡希実』という名前は前日、クラス内に知れ渡っており、名前から皆女子を連想していたのだが、実際現れた希実を見て意外さに思わず囁《ささや》き合い、教室はざわめきに包まれた。

「片岡です。よろしくお願いします」

実際の希実は長身の男、しかも顔立ちのよさが際立っていた。声もいい。英国帰りゆえ当然、英語も堪能である。

『希実ちゃん』という名前の美少女の編入生を期待していた男子のテンションの落ちっぷりはたいそうなものだったが、それと反比例し女子のテンションはこれでもかというほどに上がりまくった。

ざわつく教室内を教師は鎮めると、希実に春の隣の空席に座るよう命じた。四月にくじ引きで席替えをした際、一番後ろになった春の隣の席は廊下側の一番後ろで最初から空席となることが決まっていた。女子たちがいっせいに、羨《うらや》ましげな目線を春に向けてくる。気持ちはわかる、と思いながら春は、男から見てもかっこいいと感じずにはいられない編入生が、自分のほうへと近づいてくるのを見つめていた。

「よろしく。ええと……」

希実が春に向かい右手を差し出してくる。

握手か。なかなかする機会はないよなと思いながら春はその手を握り、呼びかけに困っているらしい希実に向かい名を告げた。

「よろしく。僕、岡崎春」

「シュン。いい名前だね。僕は希実。希望の希に実験の実。シュンはどういう字を書くの？」

「春夏秋冬の春」

「さあ、片岡君、席について。岡崎君、色々教えてやってくれ。ああ、授業時間以外にね。それじゃ、授業を始めるよ」

担任に声をかけられ、希実が、いけない、というように肩を竦《すく》める。仕草がちょっと外国人っぽいなと思わず笑ってしまいそうになりながら春はそれまで握っていた希実の手を離し、彼と目を見交わし笑い合ったのだった。

休み時間になると、当然ながら希実は女子たちに囲まれた。喧噪《けんそう》から逃れようと春が席を立つと、意外にも希実から声をかけられた。

「春、トイレ連れてってもらえる？」

「トイレだって」

「やだあ」

女子がクスクス笑う。

「トイレは一番必要な場所でしょう?」

そんな女子たちも希実がそう微笑むと、それまでの騒がしさはどこへやら、皆が皆、希実を見つめぼうっとした顔になった。

凄《すご》いな。感心していた春に希実が「トイレ、行こう?」と話しかけてくる。

「あ、うん。わかった」

こっち、と希実の前に立ち廊下に出ると、希実は、はあ、と溜め息を漏らしつつ、春に追いつき並んで歩き始めた。

「トイレ、そこだから」

廊下を真っ直ぐに進んだところにトイレはある。別に連れて来なくても口で説明してもよかったか、と思いながら指さした春に希実が話しかけてくる。

「ごめん、休み時間っていつ終わるの?」

「え?」

意味がわからず問い返した春に希実が照れた様子で言葉を続ける。

「僕、女の子に囲まれるのって苦手でさ。春にあの場から連れ出してもらいたかったんだ」

「……そう……」

まず、『春』とファーストネームを呼ばれたことに驚いた。が、帰国子女とはそうしたものかとすぐさま春は納得した。というのも中学時代にやはり英国からの帰国子女が転入してきたのだが、彼女もクラスメイトを呼ぶときには男女を問わずファーストネームだったためである。女子はともかく男子は戸惑い、名字を呼んでほしいと頼んだ。が、日本語が不自由な彼女にその理由を説明することができず、結局卒業までの間、ファーストネーム呼びにクラス全員が甘んじたという過去があった。

「で、休み時間はいつ終わるの？」

再度問いかけられ、春は我に返るとすぐに、通常は五分、二時間目と三時間目の間は中休みで二十分、四時間目と五時間目の間は昼休みで一時間だと説明したあと、

「お昼は？　お弁当とか持ってきた？」

と気になり希実に尋ねた。

「持ってきていない」

「それなら購買にパンを買いに行こう。混雑するから片岡君、戸惑うだろうけど」

その日は春もパンだったのでそう誘うと希実はひとこと、

「希実」

とだけ告げ、じっと春を見つめてきた。

「え？」

「僕のことは『希実』と呼んでほしい」

「……わかった。希実だね」

春にはあまり、ポリシーというものがなかった。ファーストネームで呼び合いたいというのならそうしよう、と希実の申し出を受けたのだが、後々、希実をファーストネームで呼んでいるのはクラスでは自分だけ、ということに気づくのだった。

「……そういや……そうだった……」

長い思考の世界から戻ってきた春は、ベッドに寝転びながら一人、深い溜め息を漏らした。

高校二年のときに隣の席になった希実は、その日の放課後春に向かい、部活動は何に入っているかと尋ねてきた。

当時春は友人に誘われテニス部に所属していたのだが、運動神経が取り立ててよくも悪くもない彼は、百名以上いる部員内で埋没していた。

部活動には参加しなければならない決まりがあったし、都内でも『強豪』といわれていたテニス部は、都大会や全国大会に出場する選手たちの練習は厳しかったが、それ以外の部員の練習は非常に緩く、『体調不良』を理由にいくらでもサボれたため、要領の良い友人たちと共に、春もまたテニス部に所属したのだった。

「テニスか。いいね」

僕も入る、と希実が言うので、春は彼を部活動に連れていった。夏の全国大会に向け、部の首脳陣とも言うべき三年生は皆必死になっていたために、時期外れの入部も容易に受け入れられたのであるが、実際希実がコートに立つと彼らの目は希実のプレイに引きつけられることとなった。

希実の実力は群を抜いていた。都大会に出場が決まっていた選手が誰一人として彼にはかなわない。部の首脳陣は選手交代を視野に動き始めた。が、希実は実にひょうひょうとしており、ありあまるほどの実力を持っていながら、試合に出たいという意思表示をすることはなかった。

希実は何に対しても、執着を見せることはなかった。英語以外の学力も素晴らしかったし、運動能力もテニスに限らず高かった。三年に上がるときには生徒会長になってほしいと生徒会から懇願されたにもかかわらず、そうした、他者から見れば名誉である事柄に対し、一切の興味を示さなかった。

興味を示さないどころか、迷惑そうであることに、春は違和感を覚えずにはいられなかった。普通、他者から能力を認められれば嬉《うれ》しいと思うし、期待をかけられれば応えねばと思う。それが春の感覚だった。が、希実はそうした感覚が欠如していた。

結局、テニス部で希実は都大会に出場する選手に選ばれた。既にメンバーは決定していたのだが、実力は希実のほうが上と、三年生とのチェンジが決まった。

「都大会まで、出場選手の練習は特別メニューでいくぞ」

主将がそう宣言したそのとき、希実が「あの」と手を上げ、その場にいた部員たちを啞然《あぜん》とさせる言葉を告げたのだった。

「僕、選手にならなくてもいいです」

普段どおり、希実は淡々としていた。が、部の先輩たちはそれほど彼の『淡々』に触れる機会がなかった。

「どういうつもりだよ。俺に対する同情か?」

希実がエントリーする代わりに選手を下ろされた三年生が、希実に食ってかかる。

「いえ、それはありません」

希実は相も変わらず、淡々と受け答えをしてみせた。

「てめえっ」

三年生が希実の胸倉を摑《つか》む。そのまま殴りかねない雰囲気を察したときには、春の身体が動いていた。

「先輩、あの、違うんです……っ」

希実はクラス内でも、その淡々とした物言いから、少し浮いた存在になりつつあった。ひょうひょうとしすぎていて実態が摑めないというのである。

あれだけ騒いでいた女子も、今や希実を遠巻きにしている。春も時折希実の言動に戸惑うことはあったが、同じ言葉でも英語で言われたとしたらそう不自然に感じないかと気づいたときから、殆《ほとん》ど気にならなくなった。

　海外生活が長かったため、表現に気をつけるということができていないだけだ。今の発言も悪気があってのものではないはずだ。言い方が淡々としすぎていたため、先輩としては馬鹿にされたと感じたのだろうが、違うのだ、と春は希実の代わりにそう訴えようと、振り上げられた先輩の腕にしがみついた。

「邪魔だ！」

　だが怒りに目が眩《くら》んでいる先輩の耳に春の声は届かず、力任せに振り払われてしまい、春はバランスを失い後ろに倒れ込んだ。

「痛っ」

　倒れたところに運悪く机があり、角でしたたかに肩の辺りを打ってから床に沈んだ。かなりの痛みを感じたため悲鳴を上げはしたが、すぐさま春は起き上がり、再び先輩に縋《すが》ろうとした、そんな彼の目の前で信じられない光景が繰り広げられていた。

「貴様……っ」

　レトロな呼びかけをしていたのは希実だった。こんな怖い顔、見たことがないと春が心底驚くほど怒りに満ちた表情の希実が、己の胸倉を摑んでいた先輩の手を振り払い、逆にその胸倉を摑んだ、と思った次の瞬間、もう片方の手が振り上げられ、その手は迷わず先輩の頰《ほお》を殴っていた。

先輩の身体が吹っ飛ぶ。先輩もまた春同様、机に身体のそこかしこをぶつけながら床に倒れ込んでいった。

「………っ」

春は思わず息を呑んだ。春だけでなく、その場にいた部員全員が声を失っていた。殴られた先輩も床に沈んだまま動かない。

最初に動いたのは、希実だった。

「春、大丈夫か？」

顔色を変え、駆け寄ってきた希実に対し、春はなんと言葉を返していいのかわからず、その場に立ち尽くしてしまっていた。

「大丈夫かっ」

その間に主将が殴られた先輩に駆け寄り、手を貸して立ち上がらせてやる。

「おい、片岡」

主将が希実の名を呼んだが、希実の耳には入っていないようだった。彼にとっては春が怪我《けが》をしていないか、それだけが心配らしく、言葉を失う春の両肩を摑み、顔を覗《のぞ》き込みつつ問いかけてくる。

「痛いところはない？　頭とか、打たなかった？」

「片岡！」

主将が声を荒らげたが、希実はそれでも振り返らなかった。春のほうがいたたまれなくなり、焦って「大丈夫」と頷くと、主将に返事をしたほうがいい、と目で希実に促した。

「え？」

希実が訝《いぶか》しげに眉を顰《ひそ》めたところにまた主将が怒声を張り上げる。

「片岡、こっちを向け！」

「………」

ようやく希実は主将を振り返った。が、主将が彼に対し、何を言うより前にテニス部員全員をまたも凍り付かせる言葉を告げたのだった。

「今日限り、テニス部を退部します」

「なんだと？」

「お前、先輩を殴っておいて、なんだその言い草はっ」

主将だけではなく、先輩たちが皆して声を荒立てる。そんな彼らも希実が、

「先に手を出したのはそちらでしょう」

と自分が殴った先輩を顎《あご》で示すと、それが事実なだけに皆して、う、と反論に詰まった。

「失礼します」

希実はそんな彼らに一礼すると、春を振り返り「行こう」と微笑んだ。

「あ……うん……」

わけがわからない。ただただ呆然としているうちに春は希実に腕を引かれ、部室をあとにしてしまっていた。

「大丈夫？　本当に」

春の手を引き歩きながら、希実は何度も振り返り、心配そうに尋ねてきた。

「大丈夫だよ。でも……」

時間が経ち、少し落ち着きを取り戻しつつあった春は、今更ではあるものの、希実がとんでもない選択をしたことを察し動揺してしまっていた。

「なに？」

顔色を変えた春を案じている様子ながらも、希実が微笑み問いかけてくる。

「テニス部を辞めるって、そんな。せっかく選手に選ばれたんだし、勿体《もったい》ないよ」

戻ったほうがいい、きっと謝れば先輩たちも許してくれる。訴えかける春を希実は、なぜそんなことを言っているのかと不思議そうに見返していた。

「希実？」

聞いてる？　と春が希実の顔を見上げる。

「聞いてる。でも僕は別に選手とか、興味ないから」

「……え？」

春にとって希実の言葉は理解不能なものだった。

興味ない――？　部員は皆、選手になることを目指し、日々練習に励んでいる。春ももし自分に実力があれば夢を見たに違いなかった。だが自分にはその実力が備わっていないと否応なしに悟らされたときに、夢はそれこそ『見果てぬ夢』となった。

しかし希実はその夢に手が届いているのだ。摑まないという選択があること自体、信じられない。またも呆然としてしまっていた春は、希実がさも当然のように告げた言葉にますます声を失っていった。

「だって選手になんてなっちゃったら、特別な練習プログラムが組まれるんだろう？　春と一緒に練習ができなくなる。それじゃテニス部に入った意味がなくなってしまう」

「……え……？」

まったく意味がわからない。自分と一緒に練習をすることになんの意味があるというのだろう。意味なんてまったくないのに。そう告げようとした春の前で希実が、心の底から申し訳なさそうな顔になる。

「……ごめん、春を巻き添えにして」

「え……？　あ……」

そう言われて初めて春は、自分もまた、テニス部を辞めざるを得ない状況に陥っていることを察した。

「ごめんね、春」

希実が再び謝罪の言葉を口にし、深く頭を下げてくる。

「……そんな……」

希実が先輩を殴ったのは、自分が突き飛ばされたことに発憤したためだ。もしもあの場で希実が先輩を殴らなければ、退部などという状況に陥らなかったのではないか。

となると彼が部を辞めることになった原因は自分にあるといってもいい。そのことを思い知っていた春に、希実が誠意溢れる申し出を告げる。

「君が部に戻りたいというのなら、僕はいくらでも頭を下げるから。本当に申し訳なかった」

「……そんな……僕こそ、ごめん」

謝罪すべきは自分のほうだ。そのとき春は心からそう思い、希実に頭を深く下げ返した。

でも――。

結局二人してテニス部を退部することになった、そのことに対し今までなんら疑問を抱いたことはなかった。

でも――でももしかしたら、あの頃から何かが始まっていたのではないか。

過去を思い起こす春の口からは深い溜め息が漏れ、これ以上つきつめて考えることを放棄した彼は、溜め息と共に目を閉じ、眠りの世界に逃げ込む努力を始めたのだった。

春が、希実との間に結ばれていると信じていた二人の『友情』に今まで疑問を覚えたことはなかった。だが、寝ている自分の額にキスをされるに至り、もしかして、あれも、そしてこれも、と次々と過去の出来事が疑念と共に春の中では蘇ってしまうのだった。

思えば。

2

高校二年のときにテニス部を辞めたあと、何かしら部活動には参加しなければならないという学校の規則があったため、希実と春はどこに所属しようかと二人して話し合った。

「先輩とか後輩とか、面倒くさいよね」

いっそのこと、二人で同好会を作らないか。

希実にそう持ちかけられたとき、春は一欠片《かけら》の疑惑も持たなかった。

「いいね、それ」

おそらく、テニス部を辞めた経緯は全校に知れ渡るだろう。そうなるとこれから入る部では色眼鏡で見られるに違いない。憂鬱《ゆううつ》だなと思っていたところへの提案だったため、一も二もなく同意し、なんの同好会を作ろうかと二人して楽しく語り合った。

「春、ミステリー好きだったよね。ミステリー研究会とかどう？」

しかも希実の提案は、春にとっては好ましいことこの上なかった。

「ミステリー研！　いいね！」

「じゃあ、申請しよう」

手続きは僕がする、と言う希実に任せているうちに彼は、あっという間に『ミステリー研究会』を教師の許可を得て立ち上げた。

活動を始めてから春は、希実がミステリー小説についてあまり造詣《ぞうけい》が深くないことに気づいた。

深くないどころか、希実は超がつくほど有名な古典も未読であることが多かった。それを指摘すると希実は、春のお薦めを教えてほしいと言い、春が書名を告げると翌日には読破して春と感想を語り合うのだった。

二人が高校三年生になったとき、同好会とはいえ一応新入部員の勧誘をしようかということになった。が、希実も春も、あまり真剣に新入生を勧誘することはなかった。

『面倒くさい』

照れたように笑う希実に春もまた『そうだね』と笑い返していたが、もしかしたらあのときには既に、希実は自分に対し、友情以外の気持ちを抱いていたのではないか。

だからこそ、同好会に他者を入れることを避け、卒業まで二人きりというスタイルを貫き通したのかもしれない。

大学に入学したとき、春と希実はなんのサークル、もしくは部に入るかを話し合った。春はまたテニスを始めるのもいいかと思っていたのだが、希実が、体育会テニス部にも主立ったテニスサークルにも高校のテニス部の先輩がいるという情報を仕入れてきたため、やはり躊躇《ためら》ってしまい結果入部することはなかった。

それなら『ミステリー愛好会』に入ろうということになったのだが、三ヶ月もしないうちに二人してサークルを辞め、高校のときと同じく二人サークルを作り今に至っている。

『ミステリー愛好会』を辞めることになったのは、ありていにいえば女性関係のトラブルだった。トラブルに巻き込まれたのは春ではなく希実であり、そのトラブルとは希実を巡って二年生と三年生、二人の女子学生が部員たちの前で派手に争ったというものだった。

希実が彼女たちに対し、思わせぶりな態度を取ったということはなかった。先輩たちが勝手に希実に夢中になっただけである。

希実は高校の頃から先輩後輩同級生を問わず、女子の人気は高かった。が、告白をしてくる勇気のある女子は、春の知る限りはいなかった。

希実は人当たりがよく、誰に対してもにこやかに接していたし、彼の一挙一動に女子の黄色い声援が上がることはよくあっただけに、なぜ、誰も告白をしないのだろうと春は不思議に思っていた。

「近寄りがたいんだろ」

希実がいない場でクラスメイトとそんな話題になったとき、誰かがそう言ったのに、そこにいた春以外の皆が、そうだ、と大きく頷き春を戸惑わせた。

「近寄りがたい？」

どういうところが、と首を傾《かし》げる春に対し、逆に皆が驚いた。

「感じないのか？」

「鈍感すぎるだろう」

「え？　え？」

いくら何を言われようが、春にはまるで理解できず、クラスメイトのほとんどが希実に対し『近寄りがたい』思いを抱いているという事実を知らされ春はただただ驚いた。

と同時に春は、自分がクラスメイトに対し、優越感としかいいようのない思いを抱いていることにも気づいてしまった。

多くのクラスメイトや、希実に憧れる女子たちは、希実との間に壁を感じるらしい。それが『近寄りがたい』と思わせる原因だろう。自分が特別鈍感なのかもしれないが、少なくとも春は希実に対して壁を感じない。

希実にとって自分が『特別』ということなんじゃないか。容姿も頭脳も運動能力も、あらゆることが人に勝っている希実の『特別』であることを得意に感じる。子供じみていると自分でも思っていただけに、誰に対しても——希実本人に対しても、そのことを口にしたことはなかったし、悟られるような態度も取らなかった。

その『特別』に、まさか考えもしなかった意味があったとは——。

今から思うと、『ミステリー愛好会』の先輩女子の争いも、もしかしたら自分が気づかないうちに希実がそれらしい素振りをその二人にしたのかもしれない。壁を取り払った、とでもいうのだろうか。自分と同じ『特別』な感じを得たからこそ、先輩二人は人目もはばからずに争ったのではないか。

しかし——。

すべては想像に過ぎない。春は先走る自分の思考にブレーキをかけようとした。が、自分をコントロールすることは上手くできなかった。

今まで考えもしなかったそんな思考に囚われたのは、春が、それこそ今まで考えも、そして思いつきもしなかった可能性に気づいてしまったからだった。

それほどのインパクトが、昨日のキスにはあった。

キス——キスだよな?

自分の勘違いという可能性はないかと、春は必死で考えた。

寝ぼけたのかもしれない。寝ぼけたとしたらあれは自分の願望ということになる。それはない。だってキスされたいなんて願望はどう考えても自分の抱くものではないから。

となるとやはりあれは現実だ。現実だとしたらその意味はなんだ？　もしジョークだったらそう言うだろう。それを言わなかったということは、やはり――。

意味があった。その認識はおそらく、誤ってはいないと思う。

意識してみれば、己に触れる希実の手の熱さにも意味があったように思うし、内緒話をするときにやたらと顔同士の距離が近いと感じたこともよくあった。

それら一つ一つに意味があったのではないか。そうした行為はいつからなされていただろう。出会ってすぐからか。それとも最近のことか。最近ということはないと思う。しかし昔からだとしたら、なぜ気づかなかったのだろう。

巧妙に隠されていたから？　可能性すら思いつかなかった。それだけ今までは巧みに隠していたのになぜ、希実はキスなどしたのだろう。

まさか『今まで』もしていたのか？　それに気づかなかっただけだったと？

ない話ではない。とはいえ、もしキスなどされていたらさすがに気づいたのではとも思う。

これまでのことに答えは出ない。でもこれからのことは――どうだろう。

今までとはまったく違った意識で希実と向かい合うことになるのかと思うと、春は溜め息を漏らさずにはいられなかった。

『友人』――否、『親友』という最も居心地のいいポジションから、希実が逸脱しようとしている。できることならこれまでどおりにすべてが進んでくれればいいのに。

自分にとって都合が良すぎるとは思う。でもそう願わずにはいられない。だって、もしも『これまでどおり』ではなくなった場合には、どう対処していいかわからないから。

春も希実のことは嫌いではなかった。だがそれはあくまでも『友人』としては、の話で、キスをされたいかとなると『されたら困る』としかいいようがない。

だからこそ、何もなかったことにしてほしい。心の底からそう願っていたところに希実から新たに『重い』としかいいようのない提案をされ、春は内心、頭を抱えてしまったのだった。


昼休みに待ち合わせをしていた学食で顔を合わせた希実は、

「昨日言いそびれたんだけどさ」

と春に切り出した。

「三年になったら就職活動とかで忙しくなるだろう？　だから二年のうちに、『ミステリ研』として何か、記念になるようなもの、一緒に作らない？」

「記念……？」

ドキ。

春の鼓動が高鳴る。

思い出作りをしようというのか。昨日までの春なら、希実の申し出を深読みすることはなかった。だが昨日と今日では状況がまるで違ってしまっている。

思い出作り。友情の思い出だというのなら春も、一も二もなく乗った。だが『友情』ではなかったら。

「うん、記念」

屈託なく希実が微笑み、頷いてみせる。

「何か形にして残したいと思ったんだ。共同作業というか」

共同作業――去年出席した従姉妹《いとこ》の結婚式で、『新郎新婦のはじめての共同作業』という司会者のアナウンスではじまったキャンドルサービスを、春はつい思い出してしまっていた。

「春と一緒に、何かを作り上げてみたいんだ」

微笑んではいたものの希実の眼差しは真剣、かつ熱っぽく、彼の本気を知らしめている。

共同作業――新郎新婦の。いや、違う。友人同士の、だ。

考えすぎなんだ。そう思い込もうとしても、昨日のキスの記憶が春の思考を混乱させる。

考えてみればなぜ、自分は毎日希実と二人でこうして学食でお昼を食べているんだろう。他に友達と呼べる同級生は勿論いる。が、食べるのは常に二人きりだ。

いつの間にか――自分でもまったく気づかないうちに春は、希実とばかり行動するようになっていた。その事実を改めて認識し、愕然《がくぜん》としてしまったのだった。

おそらく最初のうちは、編入してきたばかりの希実が春を頼った、という感じだったように思う。それがいつしか『日常』となっていたことに、春は今の今まで気づかなかった。

皆に人気のある希実を独占していることに、誇らしさは覚えたが疑念は抱かなかった。

しかし——よく考えれば、やはり、おかしい。

昼食も、そしてサークル活動も、ごく自然に希実と『二人きり』ではあるけれど、もしもこれが『ごく自然』ななりゆきではなかったとしたら？

希実の——策略、という単語がぽんと頭に浮かび、さすがにそれはないだろう、と春は慌ててその単語を頭の中から追い出した。

希実がそんなこと、謀《はか》るはずがない。きっと昨日のキスは夢なのだ。そう思い込むしかない。春が自身にそう言い聞かせたそのとき、思いもかけない出来事が、春の、そして希実の身に起こったのだった。

「ノゾミ！」

通常、希実が呼ばれるのとは微妙に違うイントネーションでの呼びかけに、春は違和感を覚え、声のしたほうを見やった。希実もまた眉を顰めつつ振り返る。

「あ」

希実の口から戸惑いの声が漏れる。それを聞く春の視界には、今、映画の一場面を切り抜いたかのような、美しい映像が開けていた。

金髪碧眼《へきがん》の美しい青年が笑顔で駆け寄ってくる。一体何が起こっているのか。まったく把握できていなかった春の目の前でその美青年が希実に抱きつき、感極まった声を上げていた。

「会いたかった！　僕のこと、覚えてる？」

「ギル……」

希実がその外国人の名と思《おぼ》しき名前を口にする。

まさに映画のようだ。抱き合う二人を前に春はただただ呆然としてしまっていたのだが、そんな彼を我に返らせたのは希実の落ち着きすぎたリアクションだった。

「ギル、いつ日本に？」

金髪の美青年の腕から希実はすぐさま逃れると、顔を見上げ日本語で淡々と問いかける。

「たった今だよ。空港から直行したんだ」

対する美青年は、まだ興奮冷めやらぬといった感じだった。一体誰なのだろう、と、ついその金髪碧眼の美青年に注目してしまっていた春だったが、視線を感じたのか美青年が自分へと視線を向けてきたときには、羞恥から思わず目を伏せていた。

「ごめんごめん、懐かしさからすっかり我を忘れてしまった。君ばかりか君の友達まで驚かせてしまったようだね」

そう告げたかと思うと美青年は姿勢を正し、俯《うつむ》く春の顔を覗き込むようにして名を告げた。

「ギルバート・ウォレスといいます。ロンドンでのノゾミの友人です。三年ぶりに彼に会ったものだからテンションが上がりすぎてしまった。ところで君の名前は？」

「あの……」

まずその美貌《びぼう》に圧倒され、続いて己を真っ直ぐに見つめる綺麗《きれい》な青い目に圧倒された結果、声を失っていた春は、動揺が大きすぎたために、本来なら一番先に違和感を覚えねばならないところに未だ気づいていなかった。

「ああ、紹介するよ」

ここで希実から救いの手が差し伸べられる。喋《しゃべ》れずにいた春にかわってギルバートに紹介してくれたのである。

「ギル、彼は僕の親友の岡崎春君。春、そんなに驚いているのはもしかして、ギルの日本語が堪能だからかな？」

「あ……そうだ。そうだよね」

驚くべきはまずそこにだった。まだギルバートの喋る日本語が片言であったのなら、ああ、外国語を喋っていない、と気づいたのかもしれないが、あまりに流暢《りゅうちょう》すぎるために逆にそのまま聞き流してしまっていたようである。

「あれ？　違うの？」

希実が意外そうな顔になったのを見て、ようやく春は我に返ることができた。

「あ、そう。うん。え？　希実の友達なんだ。ああ、そういや希実、高校二年まで英国にいたんだっけ。そのときの？」

必要以上にべらべら喋ってしまっていたのは、今まで自分が馬鹿面を晒《さら》していたに違いないことが恥ずかしくなったためだった。

誰に対して——希実に対してではない。彼の前では今までにも馬鹿面だけでなくさまざまな恥ずかしいところを見せてきた。

となると羞恥の対象は今、会ったばかりのギルバートということになる。初対面の相手をなぜそうも気にしなければならないのか。自分の心理がわからない。それでますます動揺してしまっていた春は希実に、

「どうしたの？」

と肩を摑まれ、またも我に返ることができた。

「ご、ごめん、なんでもなくて、その……」

頭にカーッと血が上るのがわかる。今、自分の顔はサルのように真っ赤になっているに違いない。ますます羞恥が勝り、自分でも何を言っているのかわからない言葉を告げていた春は、ギルバートにくす、と微笑まれ、文字どおりその場で固まってしまった。

「驚かせてごめんね、春。そう、君の言うとおりノゾミとは英国で会ったんだ。うん、英国では僕もノゾミの『親友』だった。親友同士、仲良くなれそうじゃない？」

そう言い、右手を差し出してきたギルバートの顔に春は見惚《みと》れそうになったが、すぐに、手を出させたままでいるのは失礼じゃないかと気づき、慌ててその手を握った。

思いの外冷たい感触にはっとし、顔を見る。

「よろしく、春」

花のように微笑む、という単語が春の頭にぽんと浮かぶ。笑顔が眩《まぶ》しい、という表現もまた、それと同時に浮かんでいた。

華やかな、そして優しげな笑顔に、またも春は見惚れそうになったが、ぎゅっと手を握られ、それで自分を取り戻すことができた。

「よろしく。ええと……」

なんと呼びかければいいのか。『ギルバート』という名は勿論覚えていたが、会ったその日にファーストネームを呼び合うという習慣は、日本人の春にとってはそうそうないことだった。となると『ウォレスさん』だろうか。しかし相手が『春』とファーストネームを呼んでくれているのに、名字で呼び返すというのはどうなのだろう。

迷ったせいで咄嗟《とっさ》に呼びかけることができなかった春に、ギルバートがまた、にっこり、と微笑みかけてくる。

「ギルと呼んでほしいな、春」

「よ、よろしく。ギル」

うわあ、と春は今、悲鳴を上げそうになっていた。綺麗な青い瞳に吸い込まれそうになる。

春には外国人の友人などいない。英語が苦手な彼は同じ学年にも数人いる外国人との接触を極力避けていた。

それだけにこうも間近で青い瞳を見る機会はなかったのだが、青い瞳というのは宝石のように綺麗なのだなと春は改めてそのことに気づき、色素の薄いその瞳をつい、まじまじと見つめてしまっていた。

澄んだ湖水のような。南国の海面のような。太陽の光に透けるその瞳の美しさを表現するのに、自分の貧困なボキャブラリーを春は呪いたくなった。

「ところでギル、一体どうしたの？　旅行？」

高揚感と絶望感、両方を味わっていた春の耳に、ギルバートに問いかける希実の声が聞こえてくる。

「もしも旅行だったら連絡を入れたさ。他に予定がないかってね。だって限られた時間内で君に会えなかったら困るだろう？」

ギルバートが悪戯《いたずら》っぽい顔になり、希実に笑いかけている。彼の手が未だに自分の手を握ったままであることに、当然春は気づいていた。握手というのはすぐ互いの手を離すものかと思っていたのだが、海外では違うのだろうか。

自分から離していいものかがわからず、春はずっとギルバートの手の中に己の手を預けたま

までいたのだが、ギルバートはどうやら春の手を握っていることを忘れているらしく、そのままの状態で希実との会話を続けていた。

「それをしなかったということは……？　わかるかな、ノゾミ」

「旅行じゃない。となると……」

答えながら希実がちらと、繋《つな》がれたままになっていたギルバートと春の手を見やる。

「ああ、ごめんね」

視線でようやく気づいたのか、ギルバートは春に微笑みを投げかけつつ、ようやく手を離してくれたのだが、その瞬間、春の胸には『寂しい』としかいいようのない感情が芽生え、彼を戸惑わせた。

何が寂しいというのだろう。冷たかった手が繋いでいるうちにいつの間にか温もりを帯びてきていた。その温もりを失ったことがか？

でもなぜ？　温もりなんて欲していなかったはずだ。なのにこの、寂寥感《せきりょうかん》といってもいいほどの寂しさは一体どこから来るのだろう。

一人首を傾げまくっていた春を置いてきぼり状態にし、ギルバートと希実の間では会話が進んでいった。

「『旅行じゃない』となると？」

ふふ、とギルバートが青い瞳を細める。

「長期滞在……？　あ」

そんな彼に対し、端整な眉を顰めつつ答えかけた希実が、何か思いついた顔になる。

「もしかして留学？」

「正解。明日からこの大学の学生になる。改めてよろしく、ノゾミ」

ギルバートが満面の笑みを浮かべ、希実に右手を差し出す。

「ちょっと頭がついていかない。本当に留学したんだ？　それならなぜ、教えてくれないんだよ。水くさいじゃないか」

希実は珍しいことに動揺しているようだ。春にとっての希実は常にひょうひょうとしている印象が強かったため、いつにない彼の姿につい目を細めてしまっていたのだが、ギルバートが視線を不意に自分へと戻してきたのに気づき、なぜだか高鳴る鼓動にまたも戸惑いを覚えた。

「水くさい、だって。知ってる？　春。ノゾミは僕が五通手紙やメールを送ってようやく、一通返事が来るってくらい薄情なんだぜ」

「……え……」

春は希実のリアクションについて、今まで遅いと感じたことは一度もなかった。春がメールをすればすぐさま返事が来る。電話をかければすぐ応対に出るし、留守番電話に伝言を残すと次の瞬間くらいにはコールバックがあった。

なので『水くさい』という表現には疑問を覚え、つい首を傾げてしまったのだが、そこをすかさずギルバートから突っ込まれ、困り果てることとなった。

「あれ？　もしかしてノゾミは君に対してはそんなことがないっていうのかな？　おい、ノゾミ、酷いじゃないか。冷たくされているのは僕だけってことかい？　それとも春が特別なのかな？」

大仰に怒ってみせているその姿からも、そして綺麗な青い瞳がしっかり笑っていることからも、春にもギルバートが本気で怒っているわけではないと察することができた。それで春は先ほどの彼の発言も冗談かと思ったのだが、希実のリアクションから冗談などではなく事実だと知らされたのだった。

「悪かったよ。でも君のメールの五通に四通は返事のしようがない内容だったじゃないか。あれに返事をしろっていうほうに無理があるよ」

「…………」

本当に返事をしていなかったのか、と驚くと同時に春は、自分に来る希実のメールこそ、五通に三通は意味のないものじゃないかと、そのことも思い出していた。

『月が綺麗だね』

『明日は晴れるかな』

そうした、はっきりいってどうでもいいと思えるような天候のメールに春は毎回『そうだね』『天気予報では晴れって言ってたよ』等と、律儀に返信していた。

しかし今の希実の理屈でいえば、返事はいらなかったというわけだ。なんだ、と一人肩を竦めていた春は何気なくギルバートを見やったのだが、なぜか彼の顔が酷く寂しげであるような気がして綺麗なその顔をまじまじと見つめてしまった。

視線に気づいたのかギルバートが春を見やり、にこ、と笑う。

ドキ。

ギルバートの表情から寂しそうな雰囲気は一瞬にして消えていた。気のせいだったのかな、と思うと同時に春は彼の笑顔に再度見惚れた。先ほどは『花のように』と思ったが、今回は日が差したような、という表現が頭に浮かぶ。

目を奪われずにはいられない。でも、ぼうっと見つめていたら変に思われる。だいたい、こうして頬が紅潮してきてしまっていること自体、充分注意を引いてしまうだろう。

その思いから慌てて目を伏せた春に、ギルバートが話しかけてくる。

「ね？　酷いだろ？　ノゾミはそんな薄情な男なのさ」

「わかった。僕は薄情だ。その薄情な僕が君に学内を案内して差し上げよう」

と、横から希実がギルバートと春、二人の間に割り込むようにして入ってくると、肩越しに春を振り返った。

「ごめん、春。そういうことだからまた明日、打ち合わせよう」

「え？　あ、うん」

咄嗟に返事をしたものの春は、状況が今一つ飲み込めていなかった。

「それじゃね」

希実に微笑まれてようやく、今のはここで自分とは別れ、ギルバートと二人で行動するという意思表示だったのかと気づいた。

どうして——別に一緒でもいいのに。

そう思う春の頭に、先ほどの考えがふと浮かぶ。

二人きり——希実は今、ギルバートと二人きりになろうとしている——?

そのための『策略』が行われようとしているのか。いや、気のせいだ。しかし春は『僕も行く』と言えないような雰囲気を希実が醸し出しているのを感じてもいた。

これが希実の独占欲なのか。

『独占欲』

なんだ、自分にだけ発揮されるわけではなかったのか。春の胸に沸き起こるのは安堵としかいいようのない思いだった。

「また明日」

やはり色々と考えすぎだったのだ。昨日からあれこれ悩んだことを馬鹿馬鹿しく思いつつ春は希実に手を振り返し、二人と別れようとした。すっきりしたはずであるのに、なぜか後ろ髪引かれる想いが春の胸に芽生え、気づいたときには彼はつい、ギルバートを振り返ってしまった。

「……っ」

その瞬間、ちょうど自分を見ていたらしい彼と目が合い、またも、ドキリと鼓動が高鳴る。

『後ろ髪』の正体に気づき、焦って目を逸らせようとした春に、ギルバートが問いかけてきた。

「春はこのあと講義があるの？」

「え？　ううん。別に……」

動揺が大きすぎて、なんと返事をしたらいいのか、それを考える余裕を春は失ってしまっていた。それでそのまま正直なところを答えたのだが、それを聞いたギルバートが嬉しげに微笑んだことでますます自分を失っていった。

「ないのなら、春も一緒に案内してくれないかい？　せっかくこうして会えたんだもの。是非、日本での二人目の友人になってもらいたいな」

お願いするよ、とギルバートが再び右手を差し出してくる。

「よ、喜んで……」

頭がぼうっとしていたせいで、春は出されたギルバートの手を握ることができた。が、握った瞬間、冷たいその感触にまたも彼は我に返り、いたたまれないとしかいいようのない気持ちに襲われることになった。

「講義、なかったっけ？」

どこか不機嫌そうな口調で問いかけてくる希実に「ないよ」と答えるのがいっぱいいっぱいで、俯くことしかできない。

こうして手を握り合っているから、いたたまれない気持ちになるのだ、と、手を引こうにもギルバートに握られたままでそれもかなわず、ますます頬に血が上るのを感じていた春の耳に、希実の少し強張った声が響いた。

「二番目の友達ってギル、君、僕以外にも確か、日本人の友達、いただろう」

「…………」

不機嫌とまではいかない。が、ジョークというには希実の顔は笑っていなかった。

希実はやはり、自分が行動を共にするのをよしとしていない。そう実感はしたものの、春は『やっぱり帰る』と言うことをしなかった。

今の今、希実の『独占欲』について答えを見つけたと思ったにもかかわらず、敢えてそれを勘違いだと思い込もうとする。

やっぱり独占欲なんて変だ。機嫌が悪く見えるのも気のせいにきまっている。自身にそう言い聞かせていた春の前で、ギルバートが笑いながら口を開く。

「『日本での』だよ。英国での数はカウントしない」

ギルバートが答えた相手は希実だったが、パチ、とウインクした相手は春だった。

うわあ。またも思わず上擦った声が出そうになり、慌てて唇を噛《か》む。俯いた自分はきっと耳まで赤くなっているに違いないが、そんなみっともない姿をギルバートには見られたくない。

逃げ出してしまいたい、そんな衝動に駆られていた春は、なぜ自分がそうもギルバートの視線を、彼の反応や心情を気にしてしまっているのか、その理由について考える余裕を持てずにいた。

「本当に、調子ばっかりいいんだから」

相変わらず希実の声は強張ったままであることには、春は『気づかないふり』をしたわけではなく、本気で気づいていなかった。頬の熱さを鎮めたい。ただそれだけを願い、他、一切の余裕を失っていたはずであるのに、ギルバートの視線が今もまだ己の赤い頬に注がれていることには、そのとき春はなぜだかしっかり気づいていたのだった。

3

一通りギルバートに学内を案内したあと希実は彼に、

「ところでどこに住むの？」

と尋ねた。

「ノゾミと同じマンションにするつもりだったんだが」

ギルバートが肩を竦める。

「あのマンションは確か分譲のみで賃貸はなかったよ」

希実がさらりと告げた言葉に春は密かに驚いていた。というのも以前春は希実から、今住んでいる部屋は、親が自分に『用意してくれた』と聞いていたからである。

てっきり賃貸だと思い、それにしても一人暮らしの息子のために2LDKは豪勢だなと感心していたのだが、『分譲のみ』であるのなら借りているのではなく買ったということになる。

見るからに『高級マンション』であるあの部屋の値段はどのくらいなんだろう。下世話な興味だという自覚があったために聞けずにいた春は、ギルバートが希実以上にさらりと返した、その内容にも驚き、今度はつい声を上げてしまった。

「買ってもいいかなと思っていたんだ。けど今、空室がなかったんだよね」

「えっ」

軽口という感じではなく、素で言っているように聞こえた。ということはもし売っている部屋があった場合は本気で買うつもりだったのだろう。

まさに別世界の話だ、と唖然としていた春に、ギルバートと希実、二人の注目が集まる。

「どうしたの、春。変な顔して」

「変な顔は失礼だろう、ノゾミ。春の顔は可愛《かわい》いじゃないか」

ギルバートにそう言われ、またも春の頭に血が上る。

きっと世辞に決まっている。赤面などしたら本気にしたととられてしまうかもしれない。それは更に恥ずかしい。

しかしどういうリアクションをとればいいのか、少しも思いつかない。どうしよう、と春はつい、救いを求め希実へと視線を向けてしまった。

「まったく、ギルは女性だけじゃなく男も口説くのか」

やれやれ、というように希実が溜め息をつき、肩を竦める。

「春、外国人が皆、ギルみたいに軽いわけじゃないからね。彼は特別なんだよ。目の前にいる相手を口説かないと失礼だとでも思っているみたいだ。ただ、女性限定だと思ってたけどね」

ギルバートに対し、自分が『呆《あき》れている』というふうに見せてくれている。素晴らしいフォローだ、と春は希実に心から感心すると同時に心から感謝した。

「ノゾミ、酷いな。それが約三年ぶりに会った親友に対する言葉かい？」

ギルバートが情けない顔になる。が、彼の目はしっかり笑っていて、言葉ほど傷ついてはおらず、逆に二人は『親友』なんだなということを春に知らしめていた。

「ふざけてないで、どこに住むことにしたのか、教えてくれよ」

希実がさりげなく話題を戻す。さすがだな、と春はまたも感心し、ギルバートに気づかれないようこっそり希実に感謝の視線を送った。希実がわかっているというように微笑み、微《かす》かに頷く。

「気に入った部屋がなかなか見つからなくてね。大学からは少し離れてしまったが、車で通えばいいかと思い直した」

そう言い、ギルバートが告げた住所を聞き、春は心底びっくりしてしまった。

「ウチの近所だ！」

驚きがそのまま春の口から零《こぼ》れ出る。

「そうなの？　ラッキーだな」

ギルバートがにっこり笑いかけてきた横から希実が語気荒く口を挟んでくる。

「ギル、本当か？　冗談だよな？」

「なぜ冗談だと思う？　それこそジョークか？」

希実の声に『怒声』といっていいような勢いがあったためだろう、ギルバートが不思議そうな顔で問いかける。それで希実ははっとした様子となり、照れたように笑った。

「そんな偶然が本当にあるのかなと驚いたんだよ。いや、びっくりした」

笑いながらも希実の頬がぴくぴくと痙攣《けいれん》していることに春は気づいた。

もしかして――嫉妬《しっと》？

ふとそんな思考が過《よ》ぎり、そんなわけはない、と慌てて打ち消す。

「僕もびっくりしている。でも、近所に君の親友が――春がいて、心強いよ」

ギルバートはどうやら、希実の笑顔が強張っていることには気づいていないらしかった。となると単なる自分の勘違いかもしれない。春はそう思うことにし、余計な思考を頭の中から追い出した。

そして話の流れでこれからギルバートの部屋へと向かうことになったことに、春は密かな喜びを覚えていた。

車はまだディーラーにあり、今日は大学まで電車で来たというギルバートと共に、春と希実は電車に乗り込み彼のマンションを目指した。

「ここだよ」

実は春には、もしかしたらギルバートの住居はここではないかと予測していたマンションがあった。最近出来たばかりの、駅から徒歩三分のところにある高層マンションではという彼の勘は当たったのだが、果たしてそのマンションが分譲のみなのか、はたまた賃貸の部屋もあるのかという疑問をギルバートにぶつけることはできなかった。

「最上階はもう、いっぱいだった」

残念そうに言いながらギルバートが押したエレベーターの階数ボタンは最上階の一つ下の階だった。

「まだ色々揃《そろ》ってなくて、殺風景なんだけど」

申し訳なさげにギルバートに告げられたあと案内された部屋は、殺風景どころか、モデルルームかと思うくらいに、高級っぽい家具や調度品、それに最新鋭の家電が趣味よく配置されていた。

「何が揃ってないって？」

ただただ唖然とするばかりの春をちらと見やったあと、苦笑まじりに希実がギルバートに問いかけた。

「壁が寂しいだろう？　絵を飾る予定なんだ。あとは間接照明。気に入ったのが入荷待ちで来週になる」

「なるほどね」

それを聞き、希実は苦笑していたが、春は、ギルバートはやはり自分とは住む世界が違うのだ、と思い知らされていた。

間接照明に絵画。どちらも春にとっては思いつきもしないものだった。凄いな、と啞然とすると同時に、ギルバートの感覚にしっかりついていけている希実もまた凄いなと賞賛の眼差しを向ける。

「実際生活するのに必要なものじゃないね」

視線を受け、希実が肩を竦めてみせたあとに、にっこり笑い、春がある意味予想していた事柄を教えてくれた。

「ギルはお金持ちなんだよ。だからこそ実生活に必要ないものを揃えたがるというわけさ」

「それはちょっと違うな。ノゾミ」

と、ここでギルバートが反論し、まさか口論が始まるのかと春は案じながらも、何も口を挟めずにいた。

「何が違う？」

「金持ちなのは僕の一族、つまりは親だ。僕個人の財力ではこの部屋には住めない」

「反論するのはそこなんだ」

希実がぷっと噴き出したあと、

「なにが可笑《おか》しい？」

と眉を顰めたギルバートに対し微笑みながら口を開いた。

「日本人はそこで『そんなことない』と謙遜《けんそん》する人が多いのさ。君は裕福であることは否定せずに、金持ちなのは親だと言う。気持ちがいいなと、そう思ったんだ」

「僕だって『謙遜』の概念くらい知っているよ。自分の能力についてのことなら多少の謙遜はしてみせるさ」

希実の言葉を聞き、ギルバートが楽しげに笑ってみせる。

春は今まで希実のそんな嫌みっぽい発言を聞いたことがなかった。そんな一面もあるんだ、と驚くと同時に、嫌みを受け止め笑いに変えるギルバートの度量の大きさを好ましく思った。

「適当に座って。何を飲む？　アルコールもノンアルコールもあるよ」

ギルバートがそう言い、希実と春にそれぞれ声をかける。

「僕はビールにしようかな。希実は？」

「僕がアルコールを飲めるようになるのは約二ヶ月後だ」

希実の誕生日は十二月であり、今彼は未成年だった。

「日本じゃアルコールは二十歳からだったか。春は？　もう二十歳？」

「あ、うん。でも僕もアルコールじゃないものにするよ」

春がそう答えたのは、以前、希実とした約束に理由があった。

春の誕生日は九月なのだが、当日祝ってくれた希実から、自分の誕生日に一緒にアルコールデビューをしよう、と誘われたのである。

「人生で最初に飲むお酒の思い出が二人一緒っていうの、なんかよくない?」

わくわくする、と希実に言われ、春は「そうだね」と答えたものの、実は彼の人生最初のアルコールは既に去年、体験してしまっていた。従姉妹の結婚式に出席した際、花嫁の父、つまりは春の叔父に、強引に飲まされてしまったのである。

だがせっかく希実が『思い出』とまで言ってくれているのに悪いかと思い、打ち明けられずにいた。嘘をついている罪悪感もあって、それ以降はアルコールを勧められても断るようにしていた春が、希実もいるこの席でアルコールを飲むわけにはいかなかった。

「お酒、弱いの?」

なぜ断ったのかを説明しなかったからだろう。ギルバートはそう言うと、

「それなら度数の低い何かを……」

と尚も春に酒を勧めようとする。

「そうじゃなくて……」

仕方がない、なぜアルコールを断ったのか、それを春が説明しようとしたのと同時に希実が口を開いた。

「春は僕と約束してるんだ。僕の誕生日に一緒にアルコールデビューしようって」

「へえ」

なぜか希実の口調がやたらと好戦的に感じる。先ほどの口論——とまではいかない嫌みの応酬の続きだろうかと、春が希実の顔を見やると、希実は春の視線に気づいたようで、少し恥ずかしげな表情となった。

「？」

目を伏せてしまった希実の、心情の流れがよくわからず、春は首を傾げた。と、そこにギルバートの明るい声が響く。

「ノゾミのアルコールデビューは十六じゃなかったか？　ほら、君の誕生日に一緒に飲んだだろう。忘れた？」

「え？」

春が思わず驚きの声を上げたのは、希実が既に酒を飲んだ経験があることに対してではなかった。

十六歳という年齢に驚いただけだったのだが、希実はそうはとらなかったらしかった。

「違うんだ、春。別に嘘をついたわけじゃなくて……っ」

慌てて言い訳を始めた彼を見て春は、その剣幕に更に驚き、声を失っていた。

「英国では十六歳からお酒が飲めるんだよ」

ギルバートは春の驚きが何に対するものなのかを正確に察していたらしく、希実の横からそう声をかけてきた。

「そうなんだ」

相槌《あいづち》を打てたことでようやく声を取り戻した春は、取り乱した様子の希実に対し、気にしていない、と首を横に振った。

「嘘とか思ってないよ。それに嘘っていったら実は僕もついてたんだ」

「……え？」

ずっと告白できなかったことを明かすのにはいい機会になった。実は嘘をついていたことに対して心苦しく思っていたのだ、と春は希実に話し始めた。

「去年、従姉妹の結婚式で叔父さんにお酒を飲まされてたんだ。未成年だからって断ったんだけど無理強いされちゃって……今まで言えなくてごめん」

「……そう、だったんだ」

希実が呆然とした顔で返事をする。

今まで彼のそんな顔を、春は見たことがなかった。

『なんだ、そんなことか』

『お互い、嘘ついてたんだな』

笑顔で受け入れてくれるものだとばかり思っていた。なので自分も言うときに笑顔になっていたのだが、もしかしたら希実は春の嘘を怒っているのだろうか。

でもそれを言ったら希実本人も嘘をついていたわけで——希実のリアクションに混乱したあまり春は声を失っていた。希実もまた何も言えずにいるようである。

不自然な沈黙が流れる。ここでフォローを入れてくれたのはギルバートだった。

「どうした、ノゾミ。君だって嘘をついてたんだから……ああ、忘れていたのかもしれないけれど。お互い、そんな、目くじら立てることじゃないだろう?」

「それは……そうだ」

まだ呆然とした顔のまま、希実が頷き、視線を春へと向けてくる。

「……ごめんね?」

もしかしたら希実は、自分が笑いながら告白したことに対して怒っているのかもしれない。直前に希実が必死で言い訳をしようとしていたことを思い出し、春は改めて希実に対し頭を下げた。

同じくらい、申し訳ながるべきだったのかも。理由はわからなかったが、春にとって希実は誰にも増して『凄い』人だったために、そうすべきであったと、それが正しいのではないかと、そう思ってしまったのだった。頭を下げた春の耳に、希実の焦った声が響く。

「僕こそごめん。春は何も悪くないよ。それから今更だけど僕は嘘をつくつもりはなかった。十六のときに酒を飲んだことは忘れてたんだ。ああ、でも、違う。春の嘘を責めてるわけじゃない。春は僕が言い出したことを断れなくて、それで嘘をついたってわかってる。僕は嘘をついてまで春との思い出を作りたかったわけじゃないって言いたかった。だからその……」

「………」

放っておくと希実はいつまででも喋っていそうだった。そんな希実の姿もまた、春にとっては初めて見るものだった。

いつも沈着冷静で、同い年なのに随分と大人に感じていた彼が、酷く取り乱している。しかも理由はアルコールを飲んだ飲まないという、春にとってはどうでもいい内容である。

春は別に、希実が十六歳のときに酒を飲んでいたことも気にしていなかったし、たとえそれを覚えていたとしても、自分の誕生日にアルコールデビューしようと誘ったことに対しても、なんの感想も持っていなかった。

自分が嘘をついていたことに関しても、言ってはなんだが『こんなこと』くらいに考えていたのに、なぜ希実はこうも必死になっているのだろう。戸惑いが先に立っていた春にまたも救いの手を差し伸べてくれたのはギルバートだった。

「ノゾミ、春は何も気にしていないよ。なんだか僕が余計なことを言い出したせいでおかしなことになってしまった。申し訳ない。お詫《わ》びに何か美味しいものをご馳走《ちそう》しよう。何がいいかな。ああ、そうだ。僕はまだ日本に来てから寿司を食べていないんだ。ネットで美味しいと評判の店を昨日調べたんだけど、一緒に行こうじゃないか」

そのあとはもう、ギルバートのペースとなった。希実は何か思い詰めたような顔をしていたし、春は春であまり人の話を遮れない性格だったために、ギルバートの提案どおり三人はマンション前にコンシェルジュに呼んでもらったタクシーに乗り込み、一路銀座《ぎんざ》を目指した。

高級寿司店の名前など一つも知らない春ではあったが、ギルバートが予約した店はどう見ても高そうな店だった。

まだ開店してすぐだったこともあり、客は春たちだけだったが、大学生が出入りする店ではないのでは、と春には思えて仕方がなかった。

ギルバートは初めて来たと言いながらも、実にスマートに振る舞っていた。その店では自分で注文をするのでも、大将お任せでもいいとわかると、それならお任せでと店側に委《ゆだ》ね、大人の雰囲気に慣れることができずに緊張し身体を強張らせている春とは正反対のゆったりと落ち着いた様子で店での食事を楽しんでいた。

一方希実はというと、いつになく元気がないように春には感じられた。まさかとは思うが先ほどのやりとりをまだ気にしているのだろうか。気になりはしたが春は、ギルバートがあれこれと話しかけてくる、その話題のほうが楽しかったこともあり、自然と彼とばかり話すようになっていた。

ギルバートは日本語も流暢だったが、箸《はし》使いも見事だった。自分より上手いくらいだ、と春はギルバートに、どうして箸をそんなに器用に使いこなせているのかと尋ねた。

「日本に留学することが決まったときに練習したんだよ」

「日本語も？」

「語学は箸ほど簡単じゃないからね」

子供の頃から習っている、というギルバートの答えは春に新たな問いをしかけさせるに充分なほど興味深かった。

「日本語を？　どうして？」

「日本語だけじゃなく、将来訪れる可能性が高いと思われる国の言葉を学ばされていたんだよ」

「誰に？　親に？」

「そう。僕の父親は会社を経営しているのだけれど、いわゆる一族経営でね。なんていうんだったか……そう、世襲制をとっているんだ」

「せしゅうせい？」

わかりやすく日本語で説明してくれているのに、春にとっては馴染《なじ》みのない単語が多く理解が追いつかないでいると、横から希実がぼそりと言葉を足してくれる。

「オーナー企業の社長ってことだ」

「あ、世襲か。わかった」

ありがとう、と春は希実に笑いかけたのだが、希実は引き攣《つ》ったような笑みを浮かべるだけで、言葉を発することはなかった。

「なんの会社なの？」

それで仕方なく春はまた、ギルバートに話を振る。

「これと説明するのは難しいな。いろいろ手広くやってるようだから」

ギルははっきりとはいわなかったが、どうやら大企業をいくつも連ねる企業体であることがわかり、やはり自分とは別世界の人なのかも、と春はすっかり感心してしまっていた。

寿司は美味しかったし、会話も楽しかった。会計はいつの間にかギルバートが終えていて、いくらかは出したいと主張した春に対しても、半分出すと告げた希実にも、この店を選んだのは自分だから必要ない、と二人の申し出を綺麗に退けた。

まだ電車がある時間だったので、三人は電車で帰宅することになった。車内は適度に混雑しており、二駅目で大勢の人が乗ってきたため、三人、離れ離れになりかけた。

「春、こっち」

ギルバートが春の腕を引き、少し人が少ない場所へと導いてくれる。

「ありがとう」

礼を言いつつ、希実はどうしたのだろうと車内を見回すと、かなり離れたところで一人佇む彼を見つけた。

少し顔色が悪い気がする。大丈夫かなと見つめていた春の耳許に、突然低いギルバートの声が響いた。

「ノゾミのこと、気になる？」

「えっ」

思わず大きな声を上げてしまったのは、声と共に熱い吐息を耳朶《じだ》に感じたためだった。途端に頬に血が上りそうになり、何を動揺しているんだか、と必死で落ち着こうとする。

「ああ、ごめん。驚かせた？」

ギルバートがくすりと笑い、再び囁きかけてくる。春と希実は飲まなかったが、ギルバートは店員に勧められ、滅多に手に入らないという日本酒を飲んでいた。

きらきらと光る青い瞳。紅潮した頬。見れば見るほど綺麗だ、と見惚れそうになっていた春に向かい、ギルバートがにっこりと微笑みながら先ほどと同じ問いを繰り返す。

「ノゾミのことが気になるの？」

「気になるといえば」

春はアルコールは一滴も飲んでいなかったというのに、なぜか頭がぼうっとしてきてしまっていた。そのせいで彼は、普段ならきっとしなかったであろうことを――ギルバートの問いを遮り、自分が気になることを逆に問い返していた。

「ギルは日本語がそんなに堪能なのに、どうして希実のイントネーションだけちょっと違うの？」

「気づいたんだ？」

ギルバートが少し驚いたように目を見開く。

「気づくよ。だって変だもの」

やはり自分は酔っ払っているようだ。春は自身の発言に正直、驚いていた。『変』だなんて攻撃的な言葉は、誰に対しても使ったことがない。なのになぜ、今日初対面の、しかも自分とは違う世界にいると実感せずにはいられないギルバートに対しては遠慮なくなんでも言えるのだろう。

これが夢だと思っているからかな。だって夢みたいだもの。夢じゃなかったらこんなに素敵な人と自分が同じ空間にいるなんて信じられないし。

素敵——？

自分の思考だというのに、頭に浮かんだその言葉に春はまたも動揺していた。

確かに素敵だ。まるで映画俳優か、一流モデルのように美しい容姿をギルバートはしている。しかも物凄いマンションに住み、そしてなんの躊躇いもなく『裕福』という言葉を肯定できるほどお金持ちの家に生まれている。

優しそうだし思いやりに溢れた性格も素晴らしい。女の子にとってはそれこそ『王子様』のような存在だろう。

女の子にとってだけじゃない。僕にとっても『王子様』だ。

「……え……？」

ぽん、と頭に浮かんだその言葉に、春は驚き思わず小さく声を漏らしてしまった。

「あれ？　聞いてる？　春」

すかさず耳許にその『王子様』が――ギルバートが問いかけてきて、春ははっと我に返った。

「あ、あの……」

「どうしたの？　ぼうっとして」

くす、と笑いながらギルバートが春の顔を覗き込む。

「な、なんでもないです」

どぎまぎするあまり、春は『王子様』という概念が頭に残っていたためか、つい、自然と敬語になってしまった。

「突然敬語？」

ギルバートに笑われ、ますます動揺が増す。

「あ、ごめん。なんていうか……」

「なんだか春のほうが酔っているみたいだね。飲んだのは僕なのに」

くすくすと笑いを漏らすギルバートは本当に素敵だった。やはり映画の登場人物のようだと見惚れてしまいそうになっていた春は、そのとき、容態を案じていたはずの希実の存在をすっかり忘れてしまっていた。

電車が駅に滑り込む。また乗客が増え、春はギルバートと殆ど身体を密着させている状態になってしまった。

「大丈夫?」

きつくない? と問われたと同時に、熱い吐息が額にかかる。身長差があるためだが、その感触に春の胸には、なんとも説明しがたい堪らない気持ちが立ち込めていた。

「うん、大丈夫」

答える声が震えないよう、気をつけねば。自身に言い聞かせていた春の額にまたギルバートの息がかかる。

「ノゾミも大丈夫かな。すっかり見えなくなった」

「……あ……」

そういえば、と春はようやく思い出した友の安否を気遣い、彼もまた伸び上がって様子を見ようとした。

「危ないよ」

その瞬間、ガタン、と大きく電車が揺れ、春の足下がよろけた。倒れ込みそうになった背中をギルバートの逞《たくま》しい腕ががっちりと抱き留める。

「……あ……」

唇と唇が触れそうなほど近いところにギルバートの顔がある。近すぎて焦点が合わないそのずにいた。

顔を前に春は、自身の心臓が口から飛び出しそうな勢いで高鳴っていくのを抑えることができ
「ねえ、春」

そのままの姿勢でギルバートが春の名を呼ぶ。

息が唇にかかる。彼の唇は柔らかいのだろうか。冷たいのだろうか。それともこの息同様、熱いんだろうか。

ぼうっとした頭の中、自分でもまったく予測がつかない考えが頭に浮かんだことに、春は強い戸惑いを覚えるあまり、返事をすることも忘れただギルバートを見上げていた。

「ノゾミのことを気にしてるの？」

そんな春にギルバートが潤んだ瞳で問いかけてくる。

「……え……？」

今、春は夢の世界のような、そんなふわふわとした感覚の中にいた。何を問われたのか、今一つ理解できない。問い返した春に対し、ギルバートがふっと笑う。

「実は僕はちょっと気にしてる。というのもノゾミがあまりに前と印象が違うというか――変わってしまったことが、なんだか不思議でね」

「……そう……なんだ……？」

『前と』というのは英国にいた頃と、という意味だろう。当然ながら『前』の希実を知らない

春は、ほとんど働かない思考のまま、相槌を打っていた。

「ノゾミを変えたのは君だね、きっと」

そんな春の目を覗き込むようにして、ギルバートはそう言ったかと思うと、更に顔を近づけ、新たな問いをしかけてくる。

「君にとってノゾミはただの友達?」

「…………え…………?」

『ただの友達』——『ただの』ではない友達というのがなんだかわからない。親友とか、そういうことだろうか。

それとも——。

「あ……」

春の頭にそのときふと、希実からされた額へのキスの感触が過ぎった。

ただの友達じゃない関係——もしかして、とギルバートを見上げる。

ギルバートも真っ直ぐに春のことを見下ろしていた。澄んだ青い瞳に自分の顔が映っている。

そんな錯覚に陥っていた春の耳に、ギルバートの少し掠《かす》れた、それゆえにとびきり甘く感じる声が響いた。

「僕としてはそうあってほしいと願っているのだけれど」

「…………………」

彼の言葉が意味するのは果たして——？　自分の意図したとおりでいいのか、それともまったく違う解釈をすべきであるのか。

確かめたいけれど確かめられない。それ以前に『自分の意図』がわからない、と目を見開く春の鼓動はそのとき、その思いとは裏腹に、これ以上ないほど高鳴ってしまっていた。

4

春《しゅん》は帰宅後すぐに自分の部屋にこもると、今日の出来事を一つ残らず思い出そうとベッドに寝転び目を閉じた。

希実《のぞみ》の英国での親友、ギルバート。明日から彼も同じ大学に通うという。学部は春と同じ経済学部だった。

希実のマンションの最寄り駅のほうが春とギルバートの利用駅より手前だったので、希実は一人、電車を降りていったが、ホームに降り立った彼をようやく見つけたときには車両のドアは閉まっていた。

二人を見送っていた希実の顔に笑みはなかった。どこか怒っているようにすら見えた。その理由はわからない。

『わからない』ではなく、考えようとしていないのだということに、春自身、気づいていなかった。彼の思考は他のことでいっぱいで、希実のことにまで及ばないというのが現況だった。

他のこと——それはギルバートのことだった。

ギルバートはなぜ、自分にこう言ったのだろう。

『僕としてはそうあってほしいと願っているのだけれど』

自分と希実が『ただの友達』であってほしいと、なぜギルバートは願っているのだろう。そして願っていることをなぜ敢えて自分に伝えてきたのだろう。

わからない。わからないけれど、もしかして。

『もしかして』の先を考えるときに春の頬《ほお》は自分でもどうしたのかと思うほど紅潮し、鼓動がやたらと高まってしまう。

王子様の外見と中身を持つギルバート。

『明日からまたよろしくね』

彼のマンションの前で別れたとき、ギルバートは笑顔でそう言い、右手を差し出してきた。握手の慣習は日本には殆《ほとん》どない。それゆえ躊躇《ためら》っていた春の手をギルバートは強引に握ると、にこ、と微笑《ほほえ》みすぐに離した。

『それじゃ、また』

爽《さわ》やかな笑顔だった。青い瞳が街灯の明かりを受けて煌《きら》めいていたなと思い出す春の鼓動がまた跳ね上がる。

一体なんだって自分はこうもドキドキしているのだろう。さっぱり理由がわからない。確かにギルバートは格好がいいし、バックグラウンドも凄《すご》い。優しげだし話していて楽しいし、何より自分に対して好意を抱いてくれているように感じるのもまた嬉《うれ》しい。

『好意』――その単語が頭に浮かんだときに、春の心臓はドクン、と大きく高鳴り、春自身を戸惑わせた。

「なんで……？」

自分だってギルバートを好ましいと思った。思って当然だ。だって格好よかったしいい人だったし。友達になれると思う。なれるというかなりたい。ギルバートもきっとそう思ってくれていると思う。

別に普通のことじゃないか。自身に言い聞かせていた春の耳にそのとき、幻のギルバートの声が再び響いた。

『僕としてはそうあってほしいと願っているのだけれど』

実際、自分にとっての希実は『友達』だった。希実にとっての自分の存在はどういうものかは確かめていないからわからない。

もし確かめたとしたらきっと後悔することだろう。だから確かめることができないのだ。溜《た》め息《いき》を漏らした春の脳裏に『それなら』というもう一人の自分の声が響いた。

『ギルはどうなんだ？　友達か？』

「それは……」

まだ『友達』と言える関係ではないが、そうなりたいと願っているし、多分なれると思う。

そう、彼となりたい関係は勿論《もちろん》『友達』だ。そうに決まっている。考えるまでもない。自分が必要以上に大きく頷《うなず》いていることに気づき、春は少々狼狽《ろうばい》した。

一体自分は何を自身に言い聞かせているというのだろう。第一、希実が自分を好きなのではないかと、そのことを気にしていたのではなかったか。

もしも本当にそうだとしたら、困ったな、と思っていたはずだった。できることなら今までどおりの関係でいたい。だからこそずっと気づかないふりをしようと、そう思っていたはずだった。

なのに——。

「……何が『なのに』なんだよ……」

突き詰めてはいけない。本能的に思考を回避した春は、もう寝てしまおうと上掛けをかぶり眠りの世界を目指したのだが、どんなに眠ろうとしても睡魔は少しも襲って来ず、まんじりともしないうちに朝を迎えてしまったのだった。

翌日からギルバートはあまりにも自然に、春の生活に入り込んできた。

学部が同じということもあり、とっている講義もかぶっているものが多かった。ギルバートの美貌《びぼう》に女子学生たちは騒然としたし、友人になろうとして声をかけてくる男女は多かったが、ギルバートは愛想よく対応はしていたものの、彼らの誘いに乗ることはまずなかったし、誰とも特に親しく付き合おうとはしなかった。

ギルバートが親しみを感じている相手は自分と、それから昔からの付き合いのある希実だけだということに、結構早い段階で春は気づいた。そのことで自分が少しいい気になっていることにも、春は気づいていた。

ギルバートが留学してくるまで春はほぼ毎日希実と待ち合わせ、学食や近所の定食屋や喫茶店で昼食を食べていたのだが、当然のようにギルバートはそれに加わった。また、お互いの講義が終わるまで待っていて、そのあと『ミステリ研』の活動をしたり買い物に行ったりということも、春と希実の二人ではなくギルバートも加わった三人というのが普通になっていた。

ギルバートが大学に通い始めた日の一週間後には彼が待ち侘《わ》びていた新車が届き、三人の行動範囲も広がった。来日したばかりのギルバートにとっては行ってみたい場所も多くあるらしく、今日は築地《つきじ》、今日は浅草《あさくさ》と、生まれたときから東京《とうきよう》に住んではいても殆ど行ったことのなかったいわゆる観光地に、春と希実は付き合わされたが、それはそれで楽しかった。

ギルバートがかなりミステリー小説を好きだということもまた、春にとっては喜ばしかった。好きな作家もけっこうかぶっており、つい最近出たばかりの新作をお互い読んでいたことで非常に会話が盛り上がった。

「僕も『ミステリ研』に入れてよ」

なのでギルバートがそう言い出したとき、春は一も二もなく了解した。希実も当然賛同するものだと春は思っていたのだが、賛同はしたもののそのときの希実の顔に笑みはなかった。

顔色も悪かったように思う。が、ギルバートが、

「どうした？」

と問うと、なんでもない、と希実は首を横に振り俯《うつむ》いた。

「具合、悪いの？」

春もまた希実の顔を覗《のぞ》き込み、問いかけた。問うたときには春は本気で希実の体調を案じていたのだが、その希実に物言いたげに見つめられ、彼が不機嫌になった理由をおぼろげながら察することができたのだった。

『今までは二人きりだったのに』

希実の目はそう告げているように春には感じられた。

もしかして、やきもち——？

やはり希実は自分のことが好きなのだろうか。ふとその考えが春の頭に蘇《よみがえ》る。その瞬間まで春は、希実の気持ちに対して疑いを抱いたという事実をすっかり忘れていた。あれだけ気にしていたはずなのに、自分で自分に呆《あき》れてしまう。

忘れさせていた要因は、ギルバートの存在によるところが大きかった。ギルバートが現れる

前は、春は希実と常に二人きりだったため、ときに息の詰まるような状況に陥ることがあった。だがギルバートが加わったことで、『二人きり』になる機会は皆無になったといってよかった。いたたまれなさを覚えることのない三人という状況は、春にとってはありがたかった。

だからきっと、忘れていたのだ。うん、と一人納得していた春は、ギルバートに声をかけられ、はっと我に返った。

「ところで『ミステリ研』ってどんな活動をしているの？　自分たちで書いたりもするのかな？」

「……ううん、書いてはないよ」

ギルバートは春と希実、二人の顔を代わる代わるに見ながら問いかけてきた。にもかかわらず希実が口を開く気配がなかったため、春は彼の問いに答え始めた。

「読んで感想を言い合うだけ？」

「うん。あ、でも」

ギルバートが、『なんだ』というような、少々がっかりした表情になったのを前にし、春の胸に焦燥感としかいいようのない思いが宿る。

ギルバートの気持ちを浮き立たせるには何を言えばいいのか。なぜそんな心理になったのか、それを追及する余裕はなく、ほぼ反射的に春は頭に浮かんだ考えを口にしていた。

「今まではそうだったけど、就職活動に入る前に記念に何か書こうかって話になってたんだ。

ね、希実」

「えっ」

実際、そのやりとりはあった。しかも持ちかけてきたのは希実のほうだったというのに、春がそう確認をとったとき、希実は酷《ひど》く驚いた顔になった。

「え？」

忘れたのか、とそんな希実のリアクションに、今度は春が驚き、戸惑いの声を上げた。と、希実はそれで我に返ったのか、どこか引き攣《つ》った笑みを浮かべつつ「ああ、そうだった」と頷いた。

希実の様子が気になり、春は『どうしたの』と問おうとしたのだが、そのときにはもう、ギルバートが楽しげな声を上げ、二人に話しかけていた。

「いいね。もう何かアイデアはあるの？」

「これからだよ。全部これから」

春が口を開くより前に、今度は希実がギルバートの問いに答える。希実の顔は笑っていたが、言い方はちょっとぶっきらぼうに感じる、と春は尚も希実の顔を見やった。

「じゃあ、僕が今から参加しても問題はないね」

ギルバートは希実の顔が引き攣っていることにはまるで気づいていないようだった。明るく問いかける彼に希実が「勿論」と答える。その言い方も普段の彼らしくなく、何か投げやりだ、と春はますます気になり、希実の顔を見やった。と、希実が不意に春へと視線を向け、笑顔で口を開く。

「ギルが入ってくれてよかったな、春」

「え？　あ、うん。そうだね」

いきなりの問いかけだったし、それに実際、ギルバートと一緒にミステリーを書くというのも楽しそうだったので、春もまた笑顔になり希実に対して頷いた。

「………」

だが春のそのリアクションを受け、なぜだか希実の瞳に寂しげな影が差し、彼の口元からは笑みが消えてしまった。

やはり希実の様子はおかしい。気づいてはいたが、ここは触れないほうがいいような気がして春は、ギルバートがうきうきと、

「どういうふうに進めていこうか」

と振ってきた、その話題に乗ってしまった。

「ミステリーだから……やっぱりトリックを考えるっていうのはどうかな？」

「トリックか。いいね。その前に一応、ジャンルを決めておく？　密室もの、とか、入れ替わり、とか」

ギルバートの指摘に、確かに、と春は同意する。

「そうだね。何がいいかな。密室だと機械的なトリックになっちゃうかな」

「機械的なものも面白くはあるけれどね。たとえば『本陣殺人事件』とか」

「ギル、横溝正史《よこみぞせいし》を読んでるんだ」

「勿論。本も読んでいるし映画も観たよ」

「凄いね……！」

　これまでギルバートと感想を言い合っていたのは海外ミステリーばかりだった。だが春はどちらかというと海外ものより日本のミステリー作家の作品のほうが好きなのだった。

　とはいえ、ギルバートが日本の推理小説を読んでいるとは思っていなかったため今まで話題にしなかったのだが、まさか大好きな横溝の話ができるとは、とすっかり舞い上がっていた。

「本陣のトリックも勿論素晴らしいけど、あの〝三本指の男〟の素性の意外さがもう、凄かったよね」

「ああ。リアルで『おお』と声が出たよ。鈴子《すずこ》ちゃんだっけ？　彼女の抱いていた秘密といい、いやあ、すべてがわかったときに鳥肌が立った」

「だよね。あれが金田一耕助《きんだいちこうすけ》、初登場なんだよね」

　思わず春の声が弾む。

「ノゾミ、君は読んだことある？」

　と、ここでギルバートが希実に話題を振った。おかげで春はそれまで彼の存在をすっかり忘れていたことに気づかされたのだった。

「ある……けど、あまり覚えていないかな」

希実がまたも引き攣った笑みを浮かべ、肩を竦《すく》めてみせたあと、視線を春へと向けてくる。

「前に貸してもらったよね」

「うん。よかったらまた貸すよ」

確か『面白かった』という感想と共に返してもらった。その記憶が春の頭に蘇っていた。が、『面白かった』以上の感想はなかったな、ということも同時に思い出していた春の頭の中を覗いたかのようなことを希実が口にする。

「貸してほしいな。二人の感想を聞いているうちに読みたくなってしまった」

「わかった、明日持ってくるね」

貸したときに読んでいなかったのか、という疑いは春の抱くものではなかった。おそらく希実は読んでいる。が、そう興味を惹かれなかったのだ。

この本に限らず、希実との間でミステリーに関し、話が盛り上がったことはあったかと、春は過去を思い起こした。

面白かった。意外だった。キャラがよかった。トリックが素晴らしかった。希実は春と同じ感想を抱いていたように思う。だが果たしてそれは本当に希実の感想だったんだろうか。

もしかして希実はそれほどミステリーが好きなわけではないのではないか。

その疑いは実は、随分前から春の抱くものではあった。というのも今まで希実から『この本は面白かった』と薦められたことが一度もなかったためである。

春が薦める本は、その翌日には希実は読んできた。何か賞を取った話題の本も春より先に読んでいることはあったが、この作家が好きだとか、この作品が忘れられないとか、思い入れを感じさせるような発言は聞いたことがない。

だが、最近まで春は、希実が無理をしているのでは、ということを思いつきもしなかった。それだけ希実が『無理』を見せなかったということもあるが、本当にミステリーが好きなギルバートが現れたことで気づいたのだった。

もし、希実が寝ている自分の額にキスなどしなければ、その『無理』も友情の証と思っただろう。嬉しく感じたかもしれない。

だが、そこに恋愛感情が介在するとなると話は別だった。その気持ちに春は、応えられる気がしない。好意だけ受けるのは気が引けるが、かといって『本当に興味あるの？』と聞くには時間が経ちすぎてしまっている。

そう。あまりに長い年月だ。春は思わず溜め息を漏らしそうになり、慌てて唇を噛《か》んでそれを堪えた。

「どうしたの？　春」

随分と長いこと黙り込んでしまっていたようで、希実に声をかけられ、春は慌てて彼へと視線を向け、なんでもない、と笑ってみせた。

「お腹が空いたな。これから皆でどこかで食事でもしないかい？　そこでどんなミステリーを書きたいか、案を出し合うというのはどうだろう？　車で来ているから帰りは送ってあげるよ」

と、そこにギルバートが好ましい提案をして寄越したものだから、春は一も二もなく了解の意思を伝えた。

「いいね。どこに行こうか？」

「ごめん、今日はちょっと……」

だが希実は断りの言葉を告げ、申し訳なさそうに肩を竦めた。

「ちょっと課題が間に合いそうになくて」

「あ」

言われて春もまた、明日までに提出しなければならないレポートがあることに気づいた。

「ごめん。僕もだ。レポート忘れてた」

「春もか」

それを聞き、希実が酷く嬉しげな顔になったような気がしたが、自分の思い込みだと春は考えることにした。

「わかった。それじゃ、また明日、二人が課題を無事に提出したあとに話し合おう」

結局二人ともギルバートの誘いを断ることとなったというのに、ギルバートは少しも気にした素振りを見せず、笑顔のまま鷹揚《おうよう》な態度でそう言うと、希実と春を順番に車で送ると言い出した。

「僕は歩いて帰るよ」

運動不足だから、と希実が断りながら、ちらと春を見る。視線の意図するところに最初春は気づかなかった。だが、ギルバートが、

「そしたら春、行こうか」

と誘ってきたのに対し頷いたそのとき、希実が残念そうな顔になったのを見てようやく、彼は自分もまた断ることを期待していたのかと気づくことができたのだった。

希実とは校門のところで別れ、春はギルバートが車を停めているという大学近所のコインパーキングまで彼と肩を並べて歩いた。

「それにしても、ノゾミがミステリー好きだというのには驚いたよ」

クス、と笑いながらギルバートがそう言い出したのに、春はどんなリアクションをしていいものか一瞬迷ったものの、どうして驚いたのかが気になり、問うてみることにした。

「昔は読んでなかったの？」

「ミステリーに限らず、フィクションには興味がないと以前のノゾミは言ってたよ。本もノンフィクションならまだ読めるってね。それが今や自分でミステリーを書こうとしているだなん

て。これ以上の驚きはないよ」

クスクス笑いながらギルバートが告げた言葉に春は、やはり、と思ったせいでつい、溜め息を漏らしてしまった。

「春?」

どうしたの、とギルバートが顔を覗き込んでくる。

「あ、いや、その……」

あまりに近いところにギルバートの端整な顔がある。そのことに動揺するあまり春は頭の中が真っ白になり、言葉が何も浮かばなくなってしまっていた。

「僕が何かマズいことを言ったのかな?」

ギルバートが心配そうな表情となり、尚も顔を覗き込んでくる。彼の視線に耐えられず春は、

「そうじゃなくて」

と、高鳴る鼓動を持て余しつつも、ギルバートにいらぬ罪悪感を抱かせぬよう、なんとか言葉を絞り出した。

「あの、実は僕も、もしかしたら希実はミステリーにはあんまり興味がないのかなと思っていたところだったから、その……」

「それはないんじゃないの? だってサークルまで作ったんだよね?」

ギルバートが綺麗《きれい》な青い目を見開く。ちょうど車に到着し、ギルバートはいつものように春

が自分も支払うというのを断り駐車料金を支払うと、二人は車に乗り込んだ。

「話が途中になった」

中断していた話題がギルバートが口を開いたことでまた始まる。

「それにしても二人きりのサークルって面白いね」

「あ、うん。いろいろあって」

「いろいろって?」

問われるがままに春は、高校のときにテニス部を希実と二人して退部することになったいきさつや、大学の『ミステリー愛好会』には馴染《なじ》めず、結局また二人サークルに戻ったことを説明した。

「なるほどね」

ギルバートは興味深そうに聞いていたが、春が話し終えると頷き、ふふ、と笑った。

「なに?」

意味深な笑みが気になり、春は助手席から身を乗り出して、ギルバートの顔を覗き込んだ。

「いや、テニスならわかるんだ。ノゾミはテニスが得意だったから。将来はウインブルドンに出るんじゃないかと、クラスの皆はかなり本気で思っていたよ」

「そうなんだ……」

だからこそ、すぐに選手に選ばれたのだろう。春は感心しながらも納得したのだが、続くギルバートの発言もまた納得するしかないものだった。

「テニス部を辞めたのならテニスの同好会を作りそうなものなのにね。テニス自体を辞めてしまったのは惜しいな」

「……そう……だよね」

確かに惜しい。頷いた春に対し、ギルバートが笑顔のまま言葉を続ける。

「ノゾミはきっと、君のやりたいことに合わせたんだろうね」

「……そう――なのかな」

確かに春はテニス部に入っていた。が、三年間続けたとしても代表選手にはなれないだろうと、二年の最初には諦《あきら》めていた。テニスを見るのは好きだった。が、自分ができるかとなると話は別だった。運動神経はそこそこあるとは思っていたが、どうも春は勝負に対するプレッシャーに格別弱いようで、試合になると途端に勝てなくなった。試合以外でプレイをするのは好きだったので、テニス部を辞めたいと思ったことはなかった。が、辞めることになったときに、残念だとか、辞めたくなかった、と後悔することもなかった。

だが、希実はどうだったのだろう。後悔はなかったのだろうか。後悔している素振りを見せたことのない彼だが、テニスについての話はどちらの口からも出ることはなく、意識して避けていたわけではないのだが話題に上ることはなかった。

「勿論、それだけじゃないとは思うよ。第一、好きじゃなきゃ続けられないと思うし」

春の声のトーンが下がったことを気にしてくれたらしいギルバートがフォローをし始めたが、春の耳には半分も届いていなかった。

ギルバートの言うことはきっと――あたっている。

希実は多分、ミステリーに少しも興味がない。自分と会話をするために読んでいるだけだ。同じ物が好きだ、ということで親密さをアピールしたかったのかもしれない。

そんなふうに考えるのは、希実に対して失礼だと思うも、その考えを否定することはやはり春にはできなかった。

どうしても――重く感じてしまう。

本当に希実がミステリーに対して欠片《かけら》ほどの興味もなかったとしたら、今まで彼と語り合ったあの日々をどのように認識すればいいのだろう。

自分と会話をするためだけに、好きでもない長編ミステリーを、希実は読んでいたのだろうか。

だとしたら――やはり、重い。

ああ、と溜め息を漏らしかけていた春の様子を訝《いぶか》ったのか、はたまた気遣ったのか、ギルバートが敢えて作ったと思《おぼ》しき明るい口調で声をかけてくる。

「ノゾミはテニスが上手かったのは事実だけど、好きだったかは本人じゃないとわからない。才能があってもやりたいと思うかどうかは人によるよ」

「…………」

優しい——告げられた言葉が自分を気遣ってのものだとわかるだけに、胸が詰まる思いがした。

相槌《あいづち》が少なくなっていたことを案じてくれたのだろう。ごめんなさい、と謝ろうとしたそのとき、ちょうど赤信号で車が停まったのを機に隣から伸びてきたギルバートの手に自身の手を握られたため、春ははっとし、彼を見やった。

「……大丈夫？　春。元気がないみたいだ」

「ご、ごめん。ちょっと考えごと、してた。ごめんね」

今日もギルバートの手は冷たかった。それに反し、春の頬は自分でも驚くほど熱くなってしまっていた。

きっと今、自分は真っ赤な顔をしているに違いない。早く信号が変わってほしい。そうしたらギルバートの視線も前方に移るだろう。

早く、早くと、願うあまりちらちらと信号を見ていた春は、ギルバートにぎゅっと手を握られたのに、思わず声を漏らしそうになった。

「もしかして僕が何か、無神経なことを言ってしまったのかな？」

ギルバートが少し身を乗り出し、春の顔を覗き込んでくる。青い瞳に見つめられ、春はますます言葉を失ってしまっていたのだが、そのちょっと前に信号が変わっていたらしく、後ろの車がいつまでも発進しないギルバートに焦《じ》れ、クラクションを鳴らして寄越した。

「ああ、いけない」

ギルバートが苦笑し、春の手を離してハンドルを握る。よかった、と安堵《あんど》の息を吐きそうになっていた春だが、同時に寂しさをも感じることに戸惑いを覚えずにはいられなかった。

何が寂しいのかといえば――ギルバートの手が失われたこと。

どうしてそんな心情になるのだろう。疑問を覚えているような言葉を心の中で呟《つぶや》きながらも、実際、春は既にその答えを意識下では見つけていた。

5

翌日、春は寝不足の頭を抱えながら、ギルバートと希実と待ち合わせた教室へと向かっていた。

寝不足の理由は今日提出しなければならないレポートだったが、仕上げるのに通常の三倍も時間がかかってしまったのは、他に思考がいってしまっていたからだった。

レポートを書きながらも春はずっと考えていた――ギルバートのことを。

車中、急に黙り込んだり、真っ赤な顔になったりした自分のことを、ギルバートは変に思わなかっただろうか。きっと思った。どうしよう。同じ思考がぐるぐると春の頭の中には巡っていた。

『変』ですんでいればいい。その『変』の意味を考えられていたらもう、いたたまれない。頼むから追及はしていませんように、と祈る春にとっては既にその『意味』は自明のこととなっていた。

手を握られたときに鼓動が高鳴り、頬に血が上るその意味は――『好き』。

それしかない。だが、その気持ちをまだ春は、自身の中で受け止めかねていた。

ギルバートは同性である。自分が同性に恋するなんてことがあるんだろうか。とても信じられない。でもこの『好き』という思いは友情の『好き』ではない。どう考えても『恋』だ。

恋――恋に違いない。確信すればするだけ、ギルバートと顔を合わせることが怖くなった。だが顔を見ずにはいられない気もした。

顔を合わせたい。でも絶対に言えない。リアクションがわからないから。親しみは持ってもらえているとは思う。でも『好きだ』と告白する勇気は、春にはなかった。

『ごめん』

断られたらもう、二度と彼の前には出ていかれない。それなら今のまま、友達として付き合っていたほうがいい気がする。

うん、それがいい。心を決めたその直後に、でもきっと気づかれてしまうに決まっている、と思う自分が現れる。

それは諦観《ていかん》なのか、それとも『気づかれたい』という隠れた願望なのか。春自身、答えは見つけられなかった。が、他に見つけたことはあった。

それは――希実もまた、自分に対して、同じような思いを抱いているのだろうな、ということだった。

なんたるシンパシーかとは思う。今こそ春は、希実の心情を少しも間違えることなく理解していると言い切ることができる気がしていた。
希実とお互いの心情について語り合いたい。だがそれは不可能といってもいい希望だという
こともまた、春にとっては自明のことだった。
寝不足でふらふらしながら到着した教室には、既に希実もギルバートも揃《そろ》っていた。
「大丈夫？　顔色、悪いよ」
春の顔を見た瞬間、希実が心配そうに問いかけてきた。
「徹夜しちゃったんだ」
でも大丈夫、と春は返したのだが、彼の視線はどうしてもギルバートへと向かってしまって
いた。
「徹夜？　レポートに手こずったんだね。大丈夫？」
ギルバートもまた心配そうに春に声をかけてくれた。顰《ひそ》められた彼の綺麗な眉を見るだけで
鼓動が高鳴りそうになる。
「うん、大丈夫」
「別に今日、どうしてもやらなきゃいけない話し合いでもないし、延期しよう。今日は帰って
ゆっくり寝るといいよ」
希実が笑顔でそう勧めてくれ、それにギルバートも「そうだね」と同意したが、そうなると
春はもっとギルバートと一緒にいたいと思う自分の気持ちを抑えきれなくなった。

「大丈夫だってば。二人とも、色々考えてきたんだよね。それ、聞きたいし、僕も一応考えてきたし」

考えてきた、というのは半分は嘘《うそ》だった。たいしていいアイデアは浮かばなかったのだが、ここで解散となったらなんだか寂しいという思いのまま、春は強引にサークル活動継続へと働きかけていった。

「わかった。そしたらファミレスにでも行こうか」

まずギルバートが折れ、

「体調悪くなったり、眠くなったりしたら解散にしような」

続いて希実が折れた。それで春たち三人はギルバートの運転する車で大学近くのファミリーレストランへと向かい、コーヒーを飲みながらこれから三人で書くことになるミステリー小説について意見を交換し始めた。

「密室？　顔のない死体？　交換殺人？　それともいっそ、最初に犯人がわかっているというパターンにしようか」

話し合いの主導権は、ごく自然な流れでギルバートがとることになった。

「コロンボみたいな？」

「そう。探偵役が犯人を追い詰めていくような話はどうかな」

ギルバートの提案に希実が「うーん」と首を横に振る。

「ノゾミは反対？」

ギルバートが悪戯《いたずら》っぽい笑みを浮かべ、希実の顔を覗き込む。

「春はどう？」

希実はギルバートの問いには答えず、春に意見を求めてきた。

「うーん、それは考えてなかった」

ギルバートの意見に賛同したい気持ちはあったが、自分が想定していたものとはあまりにかけ離れていたため、春は思わず否定的な言葉を口にしてしまった。

「だよね」

途端に嬉しげな顔になった希実を見てはじめて、賛同すればよかったか、という後悔が春の胸に芽生えた。

「あ……でも……」

それも面白いかも。そんなフォローをしようとした春の声に被《かぶ》せ、ギルバートの問いかけが響く。

「それじゃあ、ノゾミはどういう話がいいと思う？」

「僕は……」

希実は一瞬だけ、困ったような顔をし黙り込んだが、すぐに考え考え話し始めた。

「上手く言えないいんだけど、最後にどんでん返しがあるみたいな話がいいんじゃないかと思う。

事件が解決した、と思わせて、実は——みたいな」

「それ、いいね」

聞いているうちにわくわく感が募り、春は思わず同意の声を上げていた。

「だろ？」

希実が嬉しげな顔で春を見る。

「……うん……」

もしかして——ふと春の頭に一つの考えが浮かぶ。

希実は自分が好きそうな案を敢えて出してきたのではないだろうか。彼には『お勧め』のミステリーを数多く渡している。それをヒントにして思いついたことなのでは。

だとしたら——ちょっと重いと感じずにはいられない。そう感じること自体が失礼だとは思う。でもやっぱり、と思う春の頬からいつしか笑みは消えていた。

「どんでん返しか……本来なら殺さなくてもいい相手だったのに誤解から殺してしまった。それが最後にわかって探偵の前で犯人が号泣する、みたいな？」

ここでギルバートが、希実の『上手く言えない』部分を補足し、春に提案してみせた。

「あ、うん。それ、いいと思う」

まさに、これこそ自分が本当に好きなパターンだ。春の顔に笑みが戻る。

「すれ違いから生まれた犯罪——か。お互いを思いやるがゆえに罪を犯す。うん、いいね」

ギルバートもそう言い、満足げに頷いてみせる。

「そうしたらその方向で考えよう。登場人物の年齢や性別。それに関係性。友人とか、親子とか。何がいいかな」

「友人――かな。恋人同士でもいいけれど」

ギルバートの問いに希実がそう答えたあと、どう？　というように春へと視線を向けてきた。

「友人がいいかも。あ、腹違いの兄弟とかでもいいかな。相手のことを大事に思っているのに、それが伝わらない、みたいな感じになるといいと思う」

言いながら春は、まるで自分のことみたいだ、と密《ひそ》かに自嘲《じちょう》していた。

好きだと伝えたい。でも伝えることができない。それによって何かが起こる。『何か』ってなんだろう。実際の自分には何も起こらないだろうが――。

「春？　大丈夫？　やっぱり帰って寝たほうがいいんじゃない？」

希実に肩を揺すぶられ、春ははっと目覚めた。いつの間にか目を閉じ、眠りの世界に引き込まれていたらしいと気づき、バツの悪さから頭をかく。

「ごめん。大丈夫」

「大丈夫には見えないな。よし、今日は解散にして、家まで送るよ」

ギルバートがそう言い、伝票を手に立ち上がる。

「大丈夫だってば」

「無理しなくていいよ。方向性はほら、決まったんだから」

まだ皆と——否、ギルバートと一緒にいたい。その思いからごねた春だったが、希実にそう言われてはそれ以上は何も言えなくなってしまった。

「……そうだね……」

「春が納得したところで、続きは明日にしよう」

パチ。

見惚《みと》れずにはいられないほど、魅惑的なウインクをしたギルバートがレジへと向かっていく。

かっこいい——後ろ姿に見惚れていた春だったが、希実に「行こう」と背を小突かれ、ようやく我に返った。

「……なんか、ごめんね」

希実は『方向性は決まった』と言ってくれたが、話し合っていた時間は三十分程度だった。もっと詰めた話し合いもできただろうに、と謝罪した春の肩を、またも希実が叩《たた》いてくる。

「謝る必要はないよ。少しも」

叩いたはずのその掌が己の肩に残る。熱いその感触に春は、やはり希実の想いは自分と同じ種類のものなのだろうと改めて納得することができた。

納得はできても気持ちに応えることはできない。ごめん、と心の中で呟いた彼だったが、おそらく自分もまた希実と同じ轍《てつ》を踏むだろうという予測を立てていた。

ファミリーレストランを出るとギルバートはいつものように、まず近所に住んでいる希実をマンションまで送り、そのあと春を送ろうとしたのだが、今日はなぜか希実が車を降りるのを躊躇った。

「やっぱり僕も、春を送っていく」

「だってここ、君の家だろう?」

ギルバートが呆れたようにそう言い、助手席に座る希実を見やった。

三人で車で帰るときに、希実は常に助手席に座る。希実が下車するときに春は後部シートから助手席に移動するのだが、今日、希実は助手席から降りようとせず、ちらと春を振り返った。

「心配なんだよ」

「大丈夫、ちゃんと送るよ」

ギルバートがぷっと噴き出し、ねえ、と春を振り返る。

「でも春、調子悪そうだし……」

いつも希実は先に車を降りる際、名残惜しそうにするのだが、今日の彼はいつも以上に執拗《しつよう》だった。

どうしてそうもしつこいのか。疑問を覚えた春だったが『しつこい』と自分が感じていることに少々動揺してしまい、必要以上に愛想よく希実に接してしまったのだった。

「ありがとう。心配かけてごめんんね。でも大丈夫だよ」

「……そう？」

希実は尚も名残惜しそうにしていたが、さすがにそれ以上は粘ることはできなかったのか、心配そうにしながらも車を降りていった。

いつものように助手席に移るべく、春も車を降りる。

「ゆっくり寝るといい」

話しかけてきた希実は、その言葉以上に何か言いたそうな顔をしていた。

「うん。すぐ寝る」

もしかして自分が『何か話があるの？』と聞くのを希実は待っているのだろうか。それとも胸に何かを抱えていることを気づかれまいと思っているのか。

『何か』――自身の思考の世界でのことなのに、それでも具体的な表現を避ける自分の不甲斐《ふがい》なさに春は自己嫌悪に陥った。

「それじゃ、また明日」

さりげなくそう挨拶《あいさつ》し、春は希実とすれ違うようにして助手席のドアを開いた。希実の視線を感じる。顔を上げると確実に目が合うのがわかり、春はシートベルトを締めるのに手間取るふりをしてずっと俯いていた。

ギルバートが車を発進させる。ようやく顔を上げ、予想どおり自分のほうを見ていた希実に春は、ウインドウ越し手を振った。

「ノゾミは心配性だね」

運転席のギルバートが苦笑する。

「……うん……」

希実が心配しているのは何なのか。勿論、体調も心配してくれているだろうが、それより彼が心配していたのは、自分が車を降りたあとに、春とギルバートがより親密な時間を過ごすのではないかと、そうしたことではないか。

思い過ごしならいい。でも正解の可能性のほうが大きい気がする。

打ち合わせの最中、春が自分よりもギルバートとの間で会話が弾んでいたことを、希実は気にしたのかもしれない。

それとも、何か予感があったのか——。

予感ってなんだ。ふと頭に浮かんだその考えを春が退けようとしたそのとき、彼の耳にギルバートの声が響いた。

「ねえ、春」

「なに？」

ドキ。必要以上に春の鼓動が高鳴る。

予感は——これだ。これから何かが起こる。

予感の出所は、春にもよくわからなかった。が、なぜだか必ず当たる確信はあった。

「まだ、眠い？」

運転をしながらギルバートが問いかけてくる。彼の声は少し掠《かす》れていた。緊張しているのだろうか。それに気づいた春の鼓動が次第に高鳴ってくる。

「……もう眠くないけど……」

おそらくこのあと、ギルバートは自分を部屋に招く。そのことも確信しながら春はそう答え、ギルバートの横顔を見やった。

「それならちょっと、付き合ってもらえるかな？」

視線を感じたのか、ギルバートがちらと春を見やり微笑んでくる。

「……うん、いいよ」

春の鼓動はますます速まり、頬に血が上ってきたのがわかった。答えた声も上擦ってしまったのが自分でもわかる。

あきらかに自分が期待していることに春は気づいていたが、敢えて『何に対する』期待かということからは目を背けていた。

ギルバートは当然のように自分のマンションへと向かい、駐車場に車を停めると春を伴い彼の部屋へと向かっていった。

ギルバートの部屋には既に春は何度か来たことがあった。とはいえ、来訪するときには常に希実が一緒だったため、この部屋でギルバートと二人きりになったことは一度もなかった。

「座って。何を飲む？　冷たいものでも温かなものでも。ああ、アルコールでも」

にこやかにギルバートが笑い、明るい口調で問いかけてくる。その明るさは不自然なほどで、彼が緊張しているのを春は強く感じていた。

「なんでもいい。ギルは何を飲むの？」

一緒でいいよ、と答える自分の声にも緊張感がこれでもかというほど表れているのがわかる。

きっとこのあと、ギルは何かを告白する。

だからこそああも緊張しているのだ。

『何か』と自身の頭の中でぼかした表現を使っていたが、それがなんだか、既に予想はついていた。

『春は可愛《かわい》い顔をしてるじゃないか』

『春は優しいね』

希実を含めた三人で会っているとき、ギルバートの視線は常に自分にあったし、話題を振られるのも希実に対してより自分へのほうが断然多かった。

『ミステリーの趣味も合うね』

『春が好きなもの、僕もたいてい好きだな』

『ミステリ研』でも盛り上がるのはギルと自分のみで、そういうときにギルバートは本当に楽しげな様子をしており、優しい目で見つめてくれていた。

そして——。

『君にとってノゾミはただの友達？』

以前、問いかけられたあの言葉の意味は、たぶん。

『僕としてはそうあってほしいと願っているのだけれど』

続けられたギルバートの言葉の意味はたぶん。いや、おそらく。

いや。きっと——。

答えはあのとき、見つけていた。期待感が春の胸の中で膨らんでくる。

「それじゃ、僕はビールにしよう。春もビールでいい？　アルコールは眠くなっちゃうかな？」

ふふ、と笑いながらギルバートがキッチンへと向かっていく。

「眠くなったら少し寝ていくといいよ」

キッチンで喋《しゃべ》っているため、ギルバートの顔は見えない。彼はいったいどんな表情で今の言葉を告げたのだろう。春の鼓動は今や、今まで体感したことがないほどに高鳴ってしまっていた。

「はい」

ギルバートが缶ビールを二缶、手に戻ってくる。座って、と目で示されたソファに座ると、ギルバートは少し間を空け、同じソファに座った。

「グラスはいらない？」

「うん、いらない」

ありがとう、と手を伸ばし缶ビールを受けとる。銀色のその缶はよく冷えていたが、その冷たさがギルバートの手の冷たさを連想させ、春をまたもどぎまぎさせた。

「あの……」

何か話があるから、部屋に誘ったのだろう。その『話』をすぐにも聞きたい。気が急《せ》いている自分と、聞くのに少し勇気がいると躊躇っている自分が春の心の中でせめぎ合っていた。

「まずは乾杯」

焦らそうという意図は多分、ないと思う。おそらくギルバートも躊躇っているのだ。そう思いながら春は、いつもより少し強張っているように感じるギルバートの白い頬を見やった。

ギルバートもまた、春を見返す。

「乾杯しよう」

「……あ、うん」

プルタブを上げるギルバートに倣《なら》い、春も同じようにプルタブを上げる。

「乾杯」

「乾杯」

缶ビールをぶつけたあと、ギルバートはごくごくと飲み始めたが、春はなかなか口をつけることができなかった。

緊張しているのが自分でもわかる。緊張を解《ほぐ》すには飲んだほうがいいかもしれない。鼓動が高鳴りすぎて、飲むどころではないけれど。そう思いながらも春が無理矢理ビールを一口飲んだそのとき、ギルバートがようやく口を開いた。

「春……驚かないで聞いてほしいんだけど」

「……っ」

ドキ。

心臓が胸を突き破り、飛び出すのではないかと思った。鼓動が耳鳴りのように頭の中で響いている。

なに、と聞き返したかったが、声が裏返るに違いないと思い、何も言えなくなった。カタン、とギルバートが缶ビールを前のテーブルに置き、春との間の距離を少し詰めてくる。

抱き締められるのだろうか。それなら自分も缶を下ろしておいたほうがいいのか。でもしっかり握っていないと指先が震えているから、テーブルに置くより前に床に落としてしまいそうだった。

ドキドキしすぎて、ギルバートの顔を見ることができない。春はじっと前を見つめ、すぐ隣まで近づいてきたギルバートの手が己の肩に回されるのを、彼の形のいい唇が望むとおりの言葉を告げるのを待った。

「……春には多分、想像もできないようなことかもしれないんだけれど……」

ギルバートの声が硬い。ここで一旦言葉を切り、咳《せき》払いをしたあとに再び彼が話し始める。

「……男が男を好きになるって……わかるかな。わからないよね」

ああ——やっぱり。

春は安堵のあまり、深く息を吐き出しそうになった。

ギルバートの話は自分が予想したとおり——そして希望したとおり、好きだという告白だった。夢みたいだ。嬉しい。すぐにも彼に伝えなければ。自分も同じ想いであると。

微笑みたいのに、それまでの緊張感が強すぎたため、頬が強張ってしまって表情が作れなかった。

それでもなんとか春はギルバートへと視線を向けたのだが、彼の頬が薔薇色《ばらいろ》に染まり、青い瞳が酷く潤んでいるさまを前に、胸が詰まりますます言葉を発せなくなった。

口を開いたら——声を出したら泣いてしまう。そうじゃなくても泣きそうだ、と春は涙を堪えながらも、ギルバートが酷く心配そうな表情でいることに気づいた。

『わからないよね』

それに対するリアクションを待っているのだとわかり、首を横に振ろうとしたそのとき——

ギルバートが口を開いた。

「……僕は……ノゾミが好きなんだ」

「…………え…………？」

今、自分は何を聞いた――？

幻聴であってほしい。真っ先に頭に浮かんだのは、自分でも突飛としか思えない考えだった。

「……驚くよね。驚かせてごめん。気持ちが悪い？　そう思われても仕方がないと覚悟はしている。でも可能であれば、力を貸してほしい……どうだろう、話を聞いてもらえるかな？」

「…………あ、あの……」

力を貸す？　誰に？　何に対して？　今や春の鼓動はすっかり収まっていた。が、思考は少しもままならない。問いかけようにもきっかけを摑《つか》めずにいた春に対し、ギルバートは躊躇いが失せたのか、今までの逡巡《しゅんじゅん》はどこへいったのかと思うような勢いで切々と己の胸の内を訴え始めていた。

「ノゾミと出会った瞬間から僕は、恋に落ちていたのだと思う。お互い、十二歳だった。僕の通っていた学校に編入してきたんだ。当時のノゾミはまるで人形のように可愛くて華奢《きゃしゃ》で、守ってあげたいと思わせる外見をしていたのだけれど、中身はクラスの誰より大人びていて、そして男らしかった。最初はそのギャップが楽しいと思った。でもすぐ『楽しい』んじゃなく、どうしようもなく彼に惹かれていく自分を抑えられなくなっていった」

「………………」

夢を見ているんだろうか。僕は。しかもとてつもない悪夢を。そうとしか思えない。否、そうあってほしい。これが現実だとしたら受け止めきれない。

春はただただ、呆然《ぼうぜん》としていた。が、ギルバートに春を思いやる気持ちの余裕はまったくないようだった。

熱に浮かされたように喋る彼の言葉が、春の頭の上を流れていた。

「ノゾミに惹かれている自覚はあった。でもそんな自分を僕は受け入れることができなかった。同性を好きになるなんてあり得ないと、そう思っていた。自分はゲイじゃない。ゲイのわけがない。これは友情だ。友情以外の何ものでもない。毎日自分にそう言い聞かせながらノゾミと接していた。ノゾミがどう思っていたかは考えるまでもなかった。彼にとって自分は『友人』だった。数多くいる友人の一人にすぎない。彼が僕に思い入れを持ってくれている様子はなかったけれど、僕が彼の『親友』だと周囲に主張したときに否定はされなかった。彼にとってはどうでもいいことだから否定しないだけだとわかってはいたが、僕はそれを逆手に取ってノゾミの親友の座を手に入れた。惨めじゃないかって？　そりゃ惨めさ。でもそれでもよかった。僕は彼の特別になりたかったから。たとえそれが事実じゃなくても……そう、形の上だけのことでもいいと思っていた。あの頃の僕は。そして――」

息継ぎもしていないような、そんな勢いで喋っていたギルバートが、ここでふと言葉を止め、はあ、と深い溜め息を漏らした。

沈黙のときが流れる。五秒。十秒。室内に唐突に訪れた静寂ではあったが、それがあってもまだ春は、自分を取り戻せずにいた。

「……いよいよ、別れのときがやってきたんだ。ノゾミの父親の帰国が決まってね」

ようやくギルバートが話し出す。春はそんな彼に対し、頷くことしかできなかった。

「別れなければならないとわかったとき、僕はノゾミに告白しようと思った。でも勇気が出なかった。思いを告げたら彼に拒絶されるかもしれない——それが逡巡の理由であったのなら、まだ救われた。でも違ったんだ。僕は僕自身がゲイであるということをどうしても認められなかった。だから告白できなかった。これは友情だ。友情に違いない。そう思い込もうとしていた。でも実際、ノゾミが帰国してしまったあとに——彼を失ってしまったあとに僕は自分の気持ちを偽ることができなくなった。胸をかきむしられるほどの苦しいこの思いは『恋』に違いないと。同性ではあるけれど、僕はノゾミに恋をしていたのだと。取り返しがつくのであれば、この思いを成就させたい。願いは常に僕の胸の中にあった。ときは戻らない、でもやり直す機会は自分で作れないことはない。三年経ってもノゾミのことが忘れられない自分を受け入れたと同時に僕は、自分がゲイであることも受け入れた。それでこうして日本に来たんだ」

明るく言い放ったギルバートは、今の告白ですっかりしがらみから解放されたかのように見えた。すがすがしいその表情を見るうちに春もまた、冷静さを取り戻しつつある自分を感じていた。

ただただ驚いた。でもようやくこれが現実だと受け止めることができつつある。

そうか——ギルが好きなのは希実なのか。

希実との再会を果たすためにギルバートは来日した。三年越しの恋を実らせるために。凄い執念だと感心せざるを得ない。

達観としかいいようのない思いが胸に芽生えたものの、それを受け入れることはやはり、春にはできなかった。

「日本に来るためには父を説得する必要があった。僕は跡継ぎだからね。父も母も相当驚いたけれど、なんとか説得した。一年以上かかってしまったけれどね」

ふふ、と本当に嬉しげにギルバートが微笑む。そんな顔を見るのはやはりつらい。春は思わず彼の顔から視線を逸らせた。

「……戻らないときを戻そうとした——でも、実際日本に来てみて、やっぱり時間は戻らないと思った。だってノゾミの心は既に、他の人のものになっていたから。その相手が——」

ここでギルバートは真っ直ぐに春を見つめてきた。視線に射貫かれる。まさにそれを体感していた春の耳に、ギルバートの硬い声が響く。

「君だ。春」

「…………………」

見惚れずにはいられない青い瞳が、じっと自分を見つめている。否、睨《にら》んでいる。

視線は確かに厳しくはあったものの、そこに憎しみの類《たぐい》を感じ取れないことに、春は幾許《いくばく》かの安寧《あんねい》を覚えていた。

「でもね、春。僕にとってはラッキーだったと思う。ノゾミが好きになったのが君だということがね」

ギルバートが言葉どおり、我が身の幸運を嚙みしめるような口調でそう言い、春に向かい手を差し伸べてくる。

この手は。そしてこの手の主は。一体自分に何を求めているというのだろう。

戸惑いと、そして憂いと。加えて大きな喪失感と、そして僅《わず》かばかりの期待感を胸に春は、自分に向かってすっと差し伸べられたギルバートの繊細な指先を、ただただ見つめることしかできずにいた。

「お願いだ。春。僕に力を貸してほしい」

春の耳に、ギルバートの思い詰めた声が響く。

「力って……」

ギルバートが自分に求めているのは一体なんなのか、少しも想像がつかない。可能であれば今この瞬間にも席を立ってしまいたいのにそれができずにいる自分自身に疑問を覚えながらも春は、ギルバートがこれから告げるべき言葉に耳を傾ける決意を固めていた。

6

「力って……」

呟くように告げた春の言葉に、ギルバートは想像以上に食いついてみせた。

「春、君には理解できない世界のことだと思うけれど、もしも僕に対して少しでも友情を感じてくれているのなら、どうか僕の希望を叶えてほしい」

「……正直……よく……わからないのだけれど」

あまりに熱く訴えかけられ、何か答えねばならないような状況に自身が追い込まれていることを、春はひしひしと感じていた。

「なに、君は何もしなくていい。現状維持。それだけでいいんだ」

途端にギルバートが明るい表情となり、言葉を続ける。

「現状……維持？」

やはり意味がわからない。それで問い返した春に対し、ギルバートは意味を説明してくれたのだが、その説明にますます春は戸惑いを募らせていった。

「そう。ノゾミは君のことが好きだ。その『好き』は君が希実を好きだという気持ちとは違う。恋人になりたいという『好き』だ。ノーマルな君には理解できないだろうけれど、世の中には希実や僕のように同性に恋する人間もいるんだよ」

「…………」

それは充分理解できる上、春は希実の気持ちには『気づいて』いた。正確には最近、きっかけがあって気づいたのだが、それを告げる機会をギルバートは与えず、どこか淡々とした口調で話し続けた。

「ノゾミは上手く隠していると思う。でも、僕はすぐに気づいた。ノゾミの心は君でいっぱいだって。ああ、そういうことだったのかと、やっと察したよ。彼のことが忘れられなくてずっと連絡を取り続けていたという話は前にしたよね。僕が五通メールを送っても彼は一通くらいしか返してくれない。でもその一通の中に、かなりの確率で日本での友人の話題が出た。その友人というのは言うまでもなく君のことだよ。名前は書いていなかったけれど、実際日本に来てノゾミと君に会って、すぐにわかった。そして同時に気づいたんだ。ノゾミにとっての君は『友人』じゃないって。ノゾミの君を見る目は友人を見る目じゃない。恋している人を見る目だ。気づいたときにはショックだった。僕はノゾミが同性を好きになるとは考えていなかったから。もしもそれがわかっていれば、葛藤《かっとう》なんてすることはなかったのに。ゲイである自分自身をすぐさま受け入れ、彼に告白していただろうに。ノゾミが君に出会うより前に。まだロンドンにいるうちに……」

話しているうちにギルバートは次第に興奮してきたらしく、どんどん彼の声は高くなり、青い瞳は心持ち潤んできた。

美しい。春はギルバートの美貌に見惚れ、こんな綺麗な人に思いを寄せられる希実を心底羨《うらや》ましいと思った。

「……過ぎたことを悔やんでも仕方がない上に、ノゾミが僕を好きになってくれたかもわからないけどね」

自分の興奮ぶりが恥ずかしくなったのか、ギルバートはじっと自分を見つめる春に対し、苦笑し肩を竦めてみせた。

「……そんな……」

あり得なくはないと思う。そう言おうとしたが、慰めとしかとられないだろうと思い春は口を閉ざした。

きっとあり得る。だって僕は君のことが好きになったんだから。言えるものならそう言いたかった。だが既にギルバートの気持ちがどこにあるかがわかっている今となっては、言ったところでかなうわけもなく、加えて友人としての関係すら失うだろうとわかるだけに口にする勇気を持てなかった。

「……でも、僕はノゾミを諦めることができないんだ」

ギルバートがそう言い、春を見る。

「だから力になってほしい」

話が戻った。が、ここまで聞いてもどう力になればいいのかがわからない。戸惑う春はギルバートに両肩を摑まれ、はっとして彼を見上げた。

「さっきも言ったけど、君は何もしなくていい。ただ僕の好意を受け止めてくれているだけでいい。これまでそうだったように」

「…………え……？」

『これまでそうだったように』という言葉を聞き、春は思わず問い返していた。と、ギルバートが微笑み、言葉を続ける。

「君にかまうとノゾミは反応する。君を僕に取られたくないからだろうね。ノゾミは僕が彼に対して何をしようと興味を抱くことはない。でも君に関することだけは敏感に反応するんだ。それで僕は考えた。ノゾミの気持ちを僕へと向けるには君に協力してもらうしかないと。卑怯《ひきょう》だとは自分でもわかっているけれど、もう、後悔はしたくないんだ」

再びギルバートは興奮してきたようだった。が、春は最早、彼の潤んだ瞳にも、紅潮した頰にも、見惚れるような心境になれずにいた。

『これまでそうだったように』

これまで春は、ギルバートの言動に、自分への好意を見出していた。が、それはギルバートの本意ではなかった。

彼の本意は、希実の嫉妬《しっと》を煽《あお》ること。そこにあったと思い知らされたショックから立ち直ることができない。

今やギルバートの言葉は完全に春の耳をすり抜けていた。が、普段からあまり大きなリアクションをすることがないからだろう。ギルバートには、春の心が今ここにないということに、気づく様子はなかった。

「これからも僕は、ノゾミの前で君をかまいたおそうと思う。君はただ、僕の言動を受け入れてくれるだけでいい。わざとらしく僕に気のある素振りなんてしなくていいよ。そこまではさすがに頼めない」

苦笑するギルバートに対し、春は反射的に微笑み返してしまっていた。

どうして僕は笑うことができるのか。この状況で。笑えるような気持ちでもないのに。心の中では叫んでいたが、春の表情に彼の気持ちが表れることはなかった。

「僕の計画はこうだ」

ギルバートは今や、興奮の最中にいた。春から拒絶されなかったことで安堵したのか、気持ちが昂揚《こうよう》しているらしい彼は明るくその『計画』を話し続けた。

「僕と君の仲を嫉妬したノゾミはきっと、春、君に長年抱いていた恋心をぶつけてくるのではないかと思う。それを君は当然拒絶するだろう。君にとってのノゾミは『友人』なんだから。

傷心のノゾミに僕は寄り添い、彼の心の傷が癒える手助けをしようと思う。弱みにつけ込むようで気は引けるが、何をしてでも僕はノゾミの心を手に入れたいんだ。たとえ世界中の人に誹《そし》られようとも。そう。君に誹られようともね」

春を真っ直ぐに見つめ、ギルバートがそう言う。

「僕は……」

誹ったりはしない。ただ、悲しいだけだと、春は静かに首を横に振った。

悲しい——そう思っているはずなのに、戸惑いが春の心を麻痺《まひ》させているのか、今この瞬間には泣きたいという衝動が湧き起こることもなかった。

「ありがとう。君は優しいね、春」

ギルバートが心底嬉しそうにそう言い、春の肩をぎゅっと掴む。

「突然、驚かせてごめん。でも打ち明けることができてよかった。できるかぎり君に迷惑はかけないようにする。こんな僕だけれど、君とは今後もいい友達でいたいと願っているよ」

「……ありがとう……」

礼を言う自分の声が自分のものではないように春の耳には聞こえた。

「勿論、計画通りにことは運ばないだろうと覚悟もしている。でも何かせずにはいられないんだ。我ながらみっともないと思う。それでも諦めたくない。ノゾミをずっと想い続けてきたからね」

ギルバートがそう言い、顔を歪《ゆが》めるようにして微笑む。

『そんなことはない』

『気持ちはわかる』

頭の中にそれらの相槌が浮かんだが、口にすることはできなかった。

「動揺しているね。気持ちはわかる。春がもう、僕とは付き合えないと思っても納得するしかない。でもできることなら、今聞いたことはノゾミには言わないでくれるとありがたいな」

春のリアクションが薄い分、ギルバートは一人で話していた。

「言わないし……付き合えないとも思わないよ」

これ以上、彼の言葉を聞いているのはつらい。衝撃により失われていた春の思考がようやく働くようになった。

ああ、駄目だ。泣いてしまう。これ以上はここにいられない。考えられるようになると気持ちも同時に動き始め、忘れていた涙が込み上げてきてしまった。

「打ち明けてくれてありがとう。ちょっとびっくりした。一人で考えてもいいかな」

引き攣る笑顔でそう言い、ソファから立ち上がる春を、ギルバートは止めようとしなかった。

「送ろうか」

ドアへと向かう春の背にそう声をかけてくれたが、春が振り返って「大丈夫」と首を横に振ると、思い詰めたような顔をしつつも、

「そう」

と微笑み、その場に留まった。

春は一人で玄関に向かい、靴を履いてかかっていた鍵を開けドアを出た。外に出た途端、文字どおり、ぶわっと涙が瞳から溢れ、立っていられなくなって今出たばかりのドアに背を預ける。

「……う……っ」

駄目だ。ここで泣いては。部屋の中に嗚咽《おえつ》が漏れ聞こえてしまうかもしれない。気力で歩き始めた春だったが、涙が溢れるせいで視界がぼやけ、真っ直ぐ進むことができなかった。

よろよろしながらエレベーターへと向かい、下へのボタンを押して箱が到着するのを待つ。

今までのことがすべて夢ならいいのに。望むことはただ、それだけだった。その希望は決してかなわないとわかっていながらも祈らずにはいられない。いくらでも込み上げてくる涙を手の甲で拭《ぬぐ》いながら春は、泣いたまま道を歩く恥ずかしさを思いなんとか涙を堪えようとした。

マンションを出ると自分の家まで春は走った。幸い、人通りはあまりなかったので他人の目をそう気にせず家に到着することができた上、これもまた幸いなことに家人は誰もいなかったため、春は自室へと駆け込むと鍵をかけベッドにダイブした。

これで心置きなく泣ける。そう思っての一連の行動だったのだが、泣いてもいいとなるとなぜか逆に涙は止まってしまった。

暫《しばら》くの間、春は一人で枕に顔を埋めていたが、やがて喉《のど》の渇きを覚えたのでキッチンへと向かい、ミネラルウォーターのペットボトルを手にまた部屋に戻ってきた。

ベッドに座り、水を飲む。冷たい水が食道を下る感触は心地よく、ああ、と息を吐いた春は、これまで見聞きしたことが紛うかたなき現実であると、受け止められるような冷静さを取り戻していた。

驚いた。落ち着いて振り返ると、信じがたいとしかいいようのない出来事だった。

ギルバートは希実を好きで、その想いを遂げるために来日した。三年前に思いを残したまま別れた希実のことをギルバートはどうしても諦めることができず、それで追いかけてきたという。

三年越しの片想い。凄いな、と思わず春の口から溜め息が漏れた。

自分だったら三年もの間、一人の相手を想い続けていることなんてできない。両想いだったらともかく、片想いだとしたら絶対無理だ。

やっぱり凄い。悪い言い方をすれば『執念深い』。それだけ想いが強く純粋である。そういうことだろう。うん、と頷く春の頭に、そのギルバートが強く、純粋な想いを抱いている対象である希実の顔が浮かんだ。

希実であれば、三年間も片想いされるというのもわかる。それだけ魅力のある男だと納得もできた。

その希実が想いを寄せているのが――自分だ。それは事実ではあるだろうけれど、やはり信じがたい。

自分の勘違いである。その結論のほうが余程、合点がいくが、ギルバートも同じように感じていることを思うとやはり、希実の好きな相手は自分、というのが正解なのだろう。

自分のどこに希実は惹かれているのか。自分ではさっぱりわからない。できることなら聞いてみたいくらいだ、と春は首を傾《かし》げ、次の瞬間、あることに気づいてしまった。

もしかしたら――希実もまた、自分に対して三年間ずっと想いを抱いてくれていた？

そんな馬鹿な、と否定しようとした。が、思い出を辿《たど》るうちに、否定する材料は次々なくなっていった。

『僕、女の子に囲まれるのって苦手でさ。春にあの場から連れ出してもらいたかったんだ』

初対面から希実は春に対し、親しみを感じてくれていたようだった。気づけば二人きりのときを過ごすことが多くなっていったのは、希実の働きかけによるところが大きかったように思う。

春にも、そして希実にも勿論、友人と呼べるような相手はそれぞれにいた。が、『親友』と呼べるのは春にとっては希実だけであり、希実にとってもまた春だということは、お互いは勿論、その友人たちにとってもまた『明らかな事実』と言えるものだった。

この三年、春が希実に対して抱いていたのは友情だったが、希実は自分に対し三年越しの片想いをしていたのだろうか。もしもそうだとしたら、その想いもギルバートの想い同様、強く、純粋なものといえるだろう。

自分はそんな、凄い想いを寄せられるに値する人間ではないというのに。はあ、と思わず深い溜め息を漏らした春は、明日から一体どうしたらいいのかと、ようやくそのことを考え始めた。

ギルバートからの依頼を受けるか。依頼といっても春自身は何もしなくていいという。今までどおり、ギルバートの好意をただ受け止めていればいいと。

でも——そこに実際、『好意』はないのだ。

それがわかっていて自分は、ギルバートの言うとおり『今までどおり』の態度を取ることができるんだろうか。

ギルバートが好きなのは希実だ。でも彼は希実の気を引くために春を好きなふりをする。ギルバートは春が同性を好きになる男だとは微塵《みじん》も考えていない。彼言うところの『ノーマル』な自分が、希実の気持ちを受け入れる可能性はゼロだと考えているのだ。

確かにその可能性はゼロだ。が、男を好きにならない、というところは誤った認識だ。

自分が好きなのは、ギルバートなのだから。

でもギルバートの気持ちが自分に向くことはない。可能性はそれこそゼロに近いだろう。それがわかっていて尚、自分は彼の傍にいることに耐えられるのだろうか。

つらい――んじゃないかな。やっぱり。

想像はつく。でも、それなら断るか、となると、断った瞬間からギルバートとの付き合いがなくなることは間違いないため、躊躇われた。

どうしよう。どうしたらいいんだろう。

考えても結論は出ない。シミュレーションをしてみても無駄だった。

様子を見るしかないのかな。

またも自分が安直な道を選ぼうとしているのが、春には自分でもわかった。すぐ結論を先延ばしにする。でもそれ以外、選択肢はないと後ろ向きすぎる決断を下すと、今日はその思考から逃れようとベッドに寝転び眠りの世界に逃げ込んだのだった。

翌日。

自分の決断がいかにつらいものであったかを、春は身を以て体感することになった。

「昨日は大丈夫だった?」

講義が終わったあと、今日も春は希実とギルバートと待ち合わせ、空いている教室でサークル活動をすることになった。心配そうに問いかけてきたのは希実で、その彼に対し春は、

「ありがと。昨日は十時間以上寝たから大丈夫」

心配かけてごめん、と謝ったのだが、すかさず横からギルバートがさも心配しているように春の腕を摑み、顔を覗き込んできた。

「本当に？　無理してない？」

ギルバートの青い瞳がごく近いところにある。その目の中には少しも『嘘』は感じられなかった。だが、こうしたスキンシップも、そして問いかけも演技だとわかってしまっている。

信じられない。本当に演技派だ。感心しながらもなんだかやりきれない気持ちが募ってきた春に、今度は希実が話しかけてきた。

「顔色はいいみたいだから無理はしてないよね」

さも、自分にはわかるのだと言いたげな希実の言動に対して、ギルバートがまた対抗してみせた。

「それならよかった。春にはいつも笑っていてほしいから」

そこまで言うか。昨日、春に告白して開き直ったのだろうか。今まで以上にアグレッシブだと春は戸惑いを覚えずにはいられなかった。

「春が困っているだろ」

希実があからさまに不機嫌な顔になり、さりげなさを装い春の腕を摑んだままでいたギルバートの手を摑んで外させようとした。

ああ、手を握っている——。ギルバートは今、どんな顔をしているんだろう。春はふと彼の顔を見やり、見なければよかったと即座に後悔した。

ギルバートの口元は今にも笑みに綻《ほころ》びそうになっていた。彼の青い目もやたらと煌めいている。自分の腕を摑んだのも、こうして希実に妨害させ、己の手を摑むように仕向けたのかと察した春の口からは、思わず溜め息が漏れそうになっていた。

その後の話し合いでもギルバートは敢えて希実をのけ者にし、春と二人の会話を続けようとした。

「どんでん返しは決まったとして、どういう展開にしようか。僕はやっぱり密室ネタはやってみたいな。春はどう?」

「密室トリックか……思いつくかな」

「考えようよ。古今東西、誰も思いつかなかったようなトリックを」

うきうきと会話を続けるギルバートの目はやはり煌めいていたし、頰は紅潮していたが、あきらかにそれは『偽もの』だった。

「そんなトリック、思いつかないよ」

憮然《ぶぜん》とした顔になっている希実の、不機嫌さは本物だ。またも春の口から溜め息が漏れそうになる。

「トライはしてみようじゃないか。ねえ、春」

ギルバートが親しげに声をかけてくるたび、希実が不機嫌になっていくのがわかる。

昨日まで、春はそのことにあまり気づいていなかった。ギルバートが自分にかまってくれるのが嬉しくて、ただただ浮かれていたためである。

わくわくしたし、ドキドキもした。だがもうあのときめきを感じることは、この先ないと断言できる。

そして——。

「トリックより先に、登場人物を掘り下げようよ。何が原因で事件が起こることになったのか。すれ違うのは誰と誰か。そこを先に決めていったほうがいいんじゃないか？ ねえ、春」

真剣この上ない顔で、希実が春に問いかける。自分の意見を受け入れてほしい。自分の意見に同意してほしい。口には出していないながらも希実の目がそう訴えていた。

昨日までは希実の言動にそこまでの切実さを感じていなかった。気づいてしまうとそうしてあげたいと思ってしまう。が、それはギルバートの望むことではない。

皆が皆、切ないじゃないか。

やっぱり断ればよかった。春の頭にその考えが浮かぶ。

何も態度を変える必要はない。普通にしていればいい。それで希実を追い詰め、春に告白をさせる。それを春が断り、傷心の希実をギルバートが慰め、心をものにする。

それがギルバートの作戦だった。何もしなくていいと言われても、意識しないではいられない。

ギルバートが卑怯だと言いたいわけではない。ただただ——つらかった。

彼の好意が自分にないことがわかっているのに、優しく、思いやりと愛情に溢れるギルバートの言葉や振る舞いを受け止めねばならないことが、春にとってはつらくてたまらなかった。

昨日までは嬉しくてたまらなかったギルバートの優しさ。それは愛情からではなく、偽りの優しさだった。

それを自覚せねばならないのがこうもつらいことだったとは。体験してみるまでわからなかった自分の想像力のなさを春は呪いたくなっていた。

その日、話し合いが夜まで続いたことから、春と希実はギルバートから食事に誘われた。

「春はどうする？」

希実が断ってくれ、と目で訴えかけてくる。

「行こうよ」

一方、ギルバートは春に、頼む、と訴えかけてきていた。

どうしよう——今日はもう、この状況に耐えられない気がする。それが春の正直な胸の内だった。だが、自分が帰ると言えば希実も帰ると言うだろう。きっとギルバートはがっかりする。

それがわかっているだけに断ることはできなかった。

偽りの好意だとわかっていても、ギルバートをがっかりさせたくない。彼のためになるのなら、自分の気持ちに蓋をし付き合ってあげよう。

そうしたらきっと、ギルバートは自分に感謝する。彼の顔に本物の笑みが浮かぶことだろう。本物の笑顔が見たい。それが単なる『感謝』であったとしても。

「……行こうか」

春がギルバートに向かって頷く。途端にギルバートの頬には春が望んだとおりの笑みが浮かび、彼の目が輝いた。

「行こう、春」

呼びかけは春になされたものだったが、誘いは明らかに希実になされたものだと、春ははっきり感じていた。

「行こうか」

希実が溜め息交じりにそう言い、仕方なさげに春を見る。

「うん」

明るく答える自分の声が、やたらと空しく春の耳に響く。

「今日は何を食べる？　和食がいいな。とんカツとか？　ああ、焼き肉もいいな」

「焼き肉は和食じゃないよ」

希実の突っ込みにギルバートが「そうか」と笑っている。その笑みこそ本物だ、と思う春の胸はそのとき、自分でも驚くほどの痛みを覚えていた。

7

春《しゅん》がギルバートより彼のたくらみを『告白』された日から、一月が過ぎた。

ギルバートはすっかり大学に慣れ、ガールフレンドを含めた友人の数も飛躍的に増えていたが、それが春や希実《のぞみ》と過ごす時間を妨げるようなことはなかった。

「子供の頃から彼は八方美人だったよ。誰からも好かれていたい、と願うような。そう、学級委員に立候補してなるような、そんな感じだ」

希実と春が二人きりで昼食をとっていたとき、希実はギルバートについて、そんな皮肉めいたことを言い出し、春を戸惑わせた。

「それって……別に悪いことじゃないよね？」

友人が多いから八方美人というのはちょっと違う気がする。それで春は反論したのだが、なぜだか希実は酷《ひど》くムキになってしまった。

「悪くはない。でも信頼はできなくないか？」

「希実はギルを信頼してるんだよね？」

友情を——実際は『友情』ではなく『愛情』なのだが——疑っているわけではないよね、と春は思わず確認を取った。

「……まあ、僕は付き合いが長いからね」

希実が言葉を選ぶようにしてそう言い、肩を竦《すく》める。それは信頼していると言っているのか、それともしていないと言っているのか。どちらなんだろう、と春は気になり、尚も突っ込んだ問いをしかけてみた。

「友達が多いから信頼できないって、ちょっと変だと思う。友情を疑うってこと？　それってもしかして、自分は特別な友達でいたいってことなのかな？」

「そういう意味じゃないよ」

今日は絡むね、と希実が苦笑する。

「別に絡んでないよ」

言いながらも春は、自分は確かに絡んでいる、と自覚せざるを得なかった。

絡んだ理由はただ一つ。

希実にとってギルバートが果たしてどのような存在になっているのか、それを確かめたかった。

希実はギルバートにとっての特別でありたいと、もしや思っているのでは。多くの友人を持つことに希実は否定的ではあるが、それはもしや嫉妬《しっと》なのではないかと、春はそう思ってしまったのだった。

「別に自分がギルの特別でありたいという希望はないよ。ただ、僕とは違うと言いたかった。僕は友人は多くはいらない。心を許せる友達が数人いればいい。『信頼できない』はちょっと言い過ぎだったね、ごめん」

希実が考え考えそう言い、春に微笑《ほほえ》みかけてくる。

「謝ってもらうようなことじゃないよ」

こっちこそごめん、と頭を下げつつも春は、結局は希実の本意はどこにあるのだろうと少々混乱していた。

「春は？　友達はやっぱり多いほうがいいと思ってる？」

ここで希実が思わぬ切り返しを見せた。希実はおそらく、『僕も』と答えることを期待している。それがわかっているだけに、春は返答に迷った。

「人によるんじゃないかな。ギルは多分、友情に濃淡をつけられるタイプなんじゃないかと思う。凄《すご》く親しい友人と、そこそこ親しい友達と。希実のことは『凄く親しい友人』と位置づけていると思うよ」

「春もきっとそこに位置づけられてるんだろうね」

希実が苦笑まじりにそう言い、春の瞳をじっと覗《のぞ》き込んできた。

「……どう……だろうね。僕は付き合いも長くないし」

目を逸らせたくなったのは、春が希実に対して秘密を抱いていることへの後ろめたさと、もう一つ。もしも希実が自分のことを好きではなかった場合、ギルバートにとっての己の存在が『そこそこ親しい友人』と位置づけられるのだろうなと思ってしまったためだった。

「付き合いの長さじゃないだろ？　実際、今書こうとしているミステリーについての話し合いのときの二人の気の合いぶりには目を見張るものがある。僕は全然ついていけてないよ」

苦笑交じりに告げられた言葉ではあったが、春は今こそ希実の言葉に『嫉妬』を感じ、どう返したらいいのか迷ってしまった。

「……ギルとは好きなミステリーのタイプがかぶっているとは思うけど……」

ただそれだけだということは、誰より春本人がよくわかっていた。ギルバートが好きなのは希実に他ならないためだ。

嫉妬させているとなると、ギルバートの作戦は成功しつつあるのかもしれない。

それもどうかと思うけれど――心の中で呟《つぶや》いた春に向かい、この話題はもうやめたいと思ったらしい希実が新たな話題を振ってきた。

「それより、来週の水曜日、空いてる？」

「勿論《もちろん》。空けているよ。誕生日だよね？」

いよいよ希実も二十歳になる。アルコールの初飲みについてはうやむやになってしまっていたが、春自身、希実の誕生祝いはしたいと思っていた。というのも自分のときに、二十歳の記念ということで高価なプレゼントと共に祝ってもらったからだが、今現在、どのようなプレゼントを用意しようかということは少しも考えていなかった。

「嬉《うれ》しいよ。覚えていてくれて」

希実が本当に嬉しげにそう言い、笑いかけてくる。

「忘れるわけないよ」

言いながらも春は、自分のこの言葉が希実にとって必要以上の期待を持たせるものであってほしくないと、祈らずにはいられなかった。

「ごめん、遅くなった」

と、そこにギルバートがやってきた。急いできたらしく、息を切らせている。

「お疲れ……？」

少々バツの悪そうな顔をしているのが気になり、どうしたのかと春は近くの椅子《いす》にどっかと腰掛けたギルバートの顔を見やった。ギルバートがやれやれ、というように溜《た》め息《いき》を漏らす。

「どうした？」

希実も気になったようでギルバートに問いかけていた。ギルバートは希実と春、二人を代わる代わるに見ながら肩を竦めた。

「付き合ってほしいと言われたので断ったら、その子の友達三人がかりで責められた。どうして付き合ってあげないのかって。女の子の統率力は凄いな」

「どうして付き合ってくれないのかって……意味がわからないな」

希実が呆《あき》れた口調になり、首を横に振る。

「好きじゃないからに決まっているじゃないか」

なあ、と希実がギルバートに話しかけ、ギルバートもまた苦笑して頷《うなず》いた。

「まさか。好きだと言ってたわけじゃないんだろう?」

「まさか。友達の一人のつもりだった。好きどころか、ほとんど口をきいたこともなかったような子だよ」

「思い込みが激しいんだろうな。それとも君が思わせぶりな態度をとったとか」

「酷いな、ノゾミ。これだけダメージ受けている僕に更に追い打ちをかけるなんて」

『酷いな』と言いながらもギルバートの顔は笑っていた。希実にかまってもらえて嬉しいんだろう、と思うと同時に春は、もしかしてこれもギルバートの『作戦』なのではということに気づき、なんともいえない気持ちに陥った。

「悪い」

希実が笑ってギルバートの肩の辺りを小突く。

「追い打ちをかけるつもりはなかった。でも君は誰に対しても優しいし思わせぶりなことを言うから、誤解されても仕方がないかと思ったのさ」

「だからそんなことはしていないって」

ギルバートが笑いながらもふざけて口を尖《とが》らせる。

「してるよ。春に」

ここで希実がいきなり自分の名を出したものだから、春は驚き思わず、

「えっ」

と小さく声を上げてしまった。

「いつも口説くようなこと、言ってるじゃないか。春も迷惑しているよね」

希実が真っ直ぐに春を見つめ問いかけてくる。

ギルバートは確かに春に対し、ちょくちょく『口説く』としかいいようのない言葉をかけており、そのたびに希実は不快な表情となっていた。

ギルバートに改めさせるいい機会だと思ったのだろう。彼に対し自分はなんと答えればいいのかと、春は一瞬迷った。

「春、迷惑だった？」

ギルバートが悲しそうな顔をし、春に問いかけてくる。『悲しそう』はあきらかなパフォーマンスで、やはり彼の目は笑っていた。冗談としてすませようとしている。それがわかり、春もまたわざとらしいくらいに大仰《おおぎょう》に答えることにしたのだった。

「うん、迷惑」

「ああ、落ち込むな」

ギルバートが更に大仰に天を仰いでみせる。それを見た春も希実も、そしてギルバート本人も声を上げて笑ったのだが、希実の笑みだけやたらと嬉しそうなことに春は気づいてしまっていた。

ギルバートも気づいたのだろう。意趣返しのつもりか、またも春を口説いてくる。

「本気で口説いたらどうだい？　やっぱり迷惑？」

「えっ」

冗談めかしてはいたが、甘い声音でそう言われ、春の鼓動が一瞬高鳴る。

「だから、そういうのがよくないって言ってるんだよ」

春が答えるより前に希実が笑いながら返していたが、彼の頬が引き攣《つ》っていることにもまた、春は気づいてしまっていた。

「わかった。自重する」

ギルバートが真面目な顔をつくり、頭を下げる。すべてが冗談のように会話は進んでいたが、それぞれの心にあるのは『笑い』ではなく探り合いだな、と春は明るい雰囲気とは裏腹の重苦しい空気を感じ、密《ひそ》かに溜め息を漏らした。

「そうそう、来週水曜日、ノゾミの誕生日だよね」

ここでギルバートががらりと話題を変えた。伏せていた顔を上げ、明るく希実に問いかける。

「え？　うん。そうだけど」

唐突な確認に希実は戸惑ったらしく、目を見開いたのだが、続くギルバートの言葉を聞き、彼の表情は一瞬固まった。

「是非、僕と春とでお祝いさせてほしいな。どうだろう？」

「………ありがとう」

希実が礼を言うまでに一瞬の間があった。春が気づいたそのことにギルバートも気づかないわけがないのだが、敢えてなのか彼はそこには何も触れず、

「じゃあ、三人でカウントダウンのパーティをしよう」

と明るい声で話を続けた。

「場所はどうしよう。ウチでもいいしノゾミの家でもいい。零時零分になった途端に『おめでとう』とシャンパンをあける。うん、やっぱりウチにしよう。料理はデリバリーで頼むよ。春、あとでプレゼントの相談をしよう……って、これじゃあ、少しのサプライズもないな」

苦笑するギルバートに春も苦笑を返そうとしたが、どうしても希実の反応が気になってしまい、ちらと彼を見やった。

「賑《にぎ》やかな誕生日で嬉しいな」

希実は言葉同様、嬉しそうな顔をしていたが、顔色は少し悪い気がする。それを確かめるべく、少し長いこと見てしまったからか、視線に気づいたらしく希実が春を見やった。

「いつもは二人きりだったからね」

「……うん……」

　そうだね、と答える顔が引き攣りそうになるのを、春は必死で堪えた。

「二人の世界を邪魔するなってこと？　君たち、アヤシイな」

　ギルバートがここで、茶々を入れてくる。

　もしも希実が本当に春のことを好きなのであれば、『アヤシイ』などと言われたらおそらく、完全にそれを否定しようとするだろう。なぜなら『アヤシイ』は事実であろうから。

　もしもそこまで読んでいたのだとしたら、ギルバートは策士だ。心の中で感心していた春の前では希実が、

「馬鹿なこと言うんじゃない」

　とギルをふざけた様子で睨《にら》んでいたが、彼の頬はやはり引き攣っていた。

「冗談だよ。賑やかな誕生日にしよう。なんといっても二十歳のお祝いだからね」

　ギルバートが明るく笑い、希実の肩を叩《たた》く。

「ありがとう。楽しみにしている」

　希実はそんな彼に礼を言ったが、顔は笑っていたものの、たいして嬉しそうには見えなかった。

　春の脳裏に、この三年、希実の誕生日を祝ってきた、それぞれの日のことが次々浮かぶ。

　先ほど希実が言ったとおり、去年も一昨年も、その前の年も春と希実はお互いの誕生日を二

人だけで祝ってきた。

毎年二人で過ごそうなどという約束をしていたわけではない。高校二年の春の誕生日を二人で祝ったのを最初に、なんとなく今年までそれが続いていたというだけだった。高校生ともなると、誕生日当日は家族に祝ってもらうといった感じではもうなくなっていたし、『お誕生日会』を友人たちとやるという風潮は既に小学校の低学年で終わっていた。

高校一年の誕生日は、春は一人自宅で過ごしたが、それを寂しいと思うことはなく、ごく普通だととらえていた。高校二年ではじめて希実に『祝いたい』と言われ、帰国子女である希実の申し出に、海外では誕生日を友人が祝ってくれるものなのかと納得し、自分が祝ってもらったのだから、と希実の誕生日には春が声をかけ二人でお祝いをした。

それから三年。今年の春の誕生日は、希実の部屋で祝ってもらった。二人きりだと『誕生会』というよりはいつもの食事会と同じで、プレゼントを渡すというセレモニーは一応あるが、それ以外は日常と同じく、馬鹿話をしたり、希実が録りためている映画を一緒に観たりして過ごしたのだが、今度の希実の誕生日は二人ではなくギルバートも入って三人になるという。

日常を過ごすのももう、二人ではなくなっているのだから、誕生日が三人というのも当然のなりゆきだ。敢えてそう思おうとはするものの、春は、希実はさぞがっかりしているのではないかと、やはりそのことを気にしてしまっていた。

本当なら希実は春と二人で祝いたいと思っているはずだ。でもギルバートを、そして自分を納得させるような理由を思いつくことができない。

希実の胸の中にはその葛藤《かっとう》がある。ギルバートは、希実が何も言えないであろうことを見越して、敢えて『三人で賑やかに祝おう』と誘ったのだろう。

更にはこのあと春に対し、空気を読んで当日ドタキャンをしてほしいと、そこまで考えているかもしれない。ちらと見やった先、ギルバートににっこりと微笑まれ、春は笑顔を返しながらも心の中で溜め息をついた。

希実の二十歳の誕生日。『人生最初のアルコール』を一緒に飲む約束となっていた。そもそもお互い『人生最初』はそれぞれにすませてしまっていたものの、その約束もまた果たすことなく終わるのかと思うと、なんとなく複雑な思いを抱かずにはいられなかった。

罪悪感というのか、焦燥感というのか。上手く自分では説明できない、と首を傾《かし》げていた春は、ギルバートに話しかけられ、はっと我に返った。

「そうしたら春、今夜、二人で相談しよう。どういうサプライズを仕込もうか。楽しみだね」

「サプライズなんていらないよ。たかだか一つ年をとるだけだ。それより、小説について話し合おうよ。今日は割り振りについて話し合うんじゃなかったっけ？」

すかさず希実が、少し不機嫌な様子で割り込んでくる。

「嬉しいからって照れるなよ」

相変わらずギルバートは、わかっているくせに気づかぬふりを貫き、わざと見当違いの揶揄《やゆ》をしていた。

「照れてない」

返す希実が無理に笑っているのが痛々しい、と春は彼から目を背ける。

三人が三人とも無理をしている。傍目《はため》には仲のいい三人組と映っているだろうが、皆が皆、心に秘密を抱え、笑顔の下に押し隠したその秘密で胸が張り裂けそうになっている。

張り裂けそうになっているのは自分の胸だけかもしれないけれど。

いや、希実もまた、限界を迎えつつあるのがわかる。その『限界』をギルバートは切望し、尚も希実を追い詰める。

そんなギルバートの姿に自分は、切なさを覚えるのだ。策士というある意味悪者になってまで手に入れようとしている対象がなぜ自分ではないのかと。

三人が三人ともつらいはずなのに、それでも一緒にいるのはそれぞれに、失いたくない人がいるからだが、その『失いたくない人』は一組として一致していない。

全部、思いのベクトルが一方通行だ。正しく一周回っている。

空しい。でもその三角形の一点から、下りる勇気はやはり春には持てなかった。

今日もまた、本心を胸の奥に隠し、思い出となるはずのミステリー小説について三人で話し合う。実際この原稿が完成したとき、自分たちが形作っていた三角形はなんらかの変化を遂げているのだろうか。遂げているとしたらどんな風に。

変化はおそらく、一人が抜け、図形から線と点に化している、それしかないだろう。そのとき自分は点なのか、それとも線の始点だか終点だかになっているのか。

答えを知る日はまだまだ先だろうけれどと春は一人、心の中で呟いたのだったが、彼の予想に反し、その日は意外なほど早く訪れることとなった。

希実の誕生日である水曜日の前日、火曜日の午後八時から春はギルバートの部屋へと向かい、二人してバースデーパーティの準備をすることとなっていた。

約束の時間にインターホンを鳴らすと、ギルバートの上機嫌な声がスピーカー越しに響いてきた。

『待ってた。早く来て』

浮かれる彼の声の理由は、部屋に入ってわかった。

「凄い……」

いつもはシックな印象のリビングが、すっかりパーティ仕様になっている。バルーンやモール、それに小さな人形などが壁に飾られ、色とりどりの花がそこかしこに飾られていた。

品はあるが実に派手な装飾に、春はただただ唖然《あぜん》とし、その場に立ち尽くしてしまった。

「驚いた？　なら成功だ。ノゾミも驚くかな」

うきうきと話しかけてくるギルバートに春は、

「これ、一人でやったの？」

と問いかけ、返ってきた答えに、さすが、と別の意味で感心した。

「いや、業者に頼んだ。料理も業者だ。僕が自分でやるよりずっと素晴らしい仕上がりが見込めるからね」

「……まあ、プロだもんね」

実際、部屋の装飾は素晴らしかったし、テーブルに並んでいる料理もまさに、一流ホテルのパーティ会場に並ぶ料理そのものだった。

とはいえ春には『一流ホテルでのパーティ』に参加した経験はない。ドラマか映画で観たシーンを思い出しただけなのだが、画面の向こうでしか知らなかった世界をギルバートはごく当たり前のように造り出す。さすがセレブとでもいうのだろうか。その感覚にはいつまでたっても慣れられそうにないけれど。

そんなことを考えていた春は、ギルバートが、

「そういえば」

と話を振ってきたのに、はっと我に返った。

「春はノゾミへのプレゼント、何にしたの？」

「僕は手袋にした。これが欲しいって指定されたから」

「手袋か。これからの季節にいいね」

にこ、とギルバートが微笑む。

「ギルは？」

尋ねるとギルバートは少し照れた顔になり、自身の左手の拳を握り、顔の横に持ってきた。

「？」

何をしているのか、と首を傾げた直後、新しい時計を見せたいのかと気づく。

「時計？」

「ああ、おそろいにした」

嬉しそうに笑うギルバートのしている腕時計は、あまりブランドに詳しくない春でも知っている超高級品だった。

「凄いね」

高いんでしょう、とつい言いそうになり、金額についてあれこれ言うのは失礼かと口を閉ざす。それでも顔に出てしまったのだろう。ギルバートはふっと笑うと、ちらと自身のはめる時計を見やってからまた視線を春へと戻した。

「ノゾミが喜んでくれたら『凄い』と誉めてくれ。おそらく、君の選んだ手袋のほうを彼は喜ぶだろうけれど」

「……手袋は希実本人が選んだものだから、気に入らないとおかしいけど、でも嬉しいかとなるとわからないよ」

なんのサプライズもないわけだし、と続けるとギルバートは、

「そうじゃなくてさ」

と苦笑めいた笑みを浮かべ、首を横に振った。

「好きな相手からもらうプレゼントは中身がなんでも嬉しいということだよ」

「…………」

答えようがなくて黙り込む。

「ごめん」

そんな春を前にギルバートはバツの悪そうな顔になり頭を下げてみせた。

「ノゾミが来るまでまだ一時間ほどある。何か飲まないか？」

フォローよろしく、ギルバートは優しげに微笑むと、春をソファへと誘った。

「何を飲む？　冷たいもの？　温かいもの？」

なんでもあるよ、と笑うギルバートに対し、室内の暖房が少しききすぎていたため暑いなと感じていた春は、コーラを頼んだ。

ギルバートは春と自分にコーラのグラスを用意し、リビングまで運んでくれた。

「聞いてもいい？」

唐突にギルバートが問いを発する。

「なに？」

「これまでどうやって、ノゾミの誕生日を祝ってきた？」

「どうやってって……普段とあまり変わらないよ。話したり、テレビやＤＶＤを観たり……」

特別なことはやっていない。そう答えた春に対し、ギルバートは尚も話題を引っ張った。

「カウントダウンはしていた？」

「してないよ。誕生日の当日、放課後にどちらかの家に行って、いつものようにだらだら過ごしていた。あ、コンビニでケーキくらいは買ってたかな」

「……そうなんだ」

ギルバートが何か言いたげに春を見る。たいしたことをしていない、そう言いたいのかなと春もまたギルバートを見返した。

「……君が羨《うらや》ましいよ」

ギルバートがふっと微笑み、春から目を逸らせる。

「…………」

僕は希実が羨ましい。思わずそう言いそうになり、春もまた俯《うつむ》いた。

こんなに豪華なバースデーパーティを催してもらえることが羨ましいというわけではなかった。勿論羨ましくはあるが、本当に羨ましいのはギルバートがどうしたら希実を喜ばせることができるかと一生懸命に考えた様子が見られることに対してだった。

三年もの間、想い続けてきた相手に対し、気持ちを受け入れてもらいたいと今、ギルバートは必死になっている。それもまた羨ましい、と漏れそうになる溜め息を堪えると春は、改めて隣に座るギルバートを見やった。

視線に気づいたのかギルバートが顔を上げ、春に微笑みかけてくる。

「なに？」

「ギルはその……希実と、どうなりたいの？」

突然目が合ったことで春は少し動揺してしまった。それでそんな問いをしたのだが、実はその疑問はずっと春の中で温められていたものだった。

恋愛感情としての『好き』という気持ちを抱いていることは告白されて知っている。肉欲を感じているということもさらりと告げられた気がした。

ギルバートは希実に抱かれたいのか。それとも抱きたいのか。どちらも想像できるようで、想像しようとするとどちらも違うような気がしてしまう。

果たして自分はギルバートに抱かれたいのか、抱きたいのか。そうしたことを春は普段、できるかぎり考えないようにはしていたが、やはり自分は抱かれたい側だな、とはぼんやりと思っていた。

抱きたい、という衝動は起こらない。身長差や体格差によるものというよりは、春の思いはどこまでも受け身で、自分から告白もできなければ自分から相手をどうこうする、という発想がまず持てなかった。

拒絶されたらつらい。それで勇気が出ない。我ながら女々しいとは思うがやはり一歩は踏み出せない。

ギルバートは果たしてどうなのだろうか。知りたいような、知りたくないような彼の胸の内を期せずして尋ねることになった春は、ああ、やっぱり、とも、そうなのか、とも思う答えを得ることとなった。

「恋人同士になりたい……ノゾミをこの腕に抱き締めたい。彼を自分だけのものにしたい……もっと生々しく言ったほうがいい？」

くす、とギルバートが笑い、春の顔を覗き込んでくる。おそらく彼は春の聞きたい内容を察したのだろう。悪戯《いたずら》っぽく笑われたことでそれがわかり、春の頭に血が上った。

「ご、ごめん。そういうつもりじゃなかった」

「いいよ。気にしていない。ゲイのカップルについて興味というか関心というか疑問というか……そういうのがあったんだろう？　君には馴染《なじ》みのない世界だものね」

ギルバートが笑顔で続ける言葉を聞きながら春は、そこは正解じゃないのだけれど、と心の中で呟いた。

馴染みはある。あるどころか、自分も同性に恋している。抱きたいとか抱かれたいとか、考えないようにはしているものの、あきらかに『抱かれたい』という希望はどんなに押し隠そうとしてもときに春の中に現れる。

ギルバートが希実を『抱きたい』と思っていることを知らされた今、春は希実に対する羨望《せんぼう》を抑えきれなくなっていた。

希実が果たしてギルバートの思いを受け入れることはあるのだろうか。今日のバースデーパーティで何か答えが出るのでは。

そんな予感を抱きつつ春は改めて華やかなパーティ会場を見回し、そこに溢《あふ》れるほどのギルバートの想いを感じ取った結果、ますます希実への羨望を募らせたのだった。

8

「凄いな」

ギルバートが指定した午後九時に現れた希実は、室内の装飾に心底驚いている様子だった。

「Happy Birthday!!」

ギルバートと春、二人して玄関先でクラッカーを鳴らして迎えたときにも希実は驚いていたが、センスよく飾られた部屋に、豪華な料理に心底感激してみせ、ギルバートを喜ばせた。

カウントダウンまでは小説の打ち合わせをしながら食事をしようということになり、三人は食卓についた。

「ワインが合いそうなメニューだね」

飲んでいいよ、と希実がギルバートに笑いかける。

「いや、今日はカウントダウンまで僕も禁酒する」

ギルバートが笑顔で答えると希実は「いいのに」と苦笑したあと、ちらと春を見やった。

「シャンパンで乾杯するんだって」

さっき打ち合わせた、と春が告げると希実は「そうなんだ」とやはり微笑んだものの、彼の目には何か言いたげな影が宿っていた。

嬉しそうにはしているが、心ここにあらずという表情を浮かべるときがある。

十九歳から二十歳になるとき、どう感じていたか。春は自分のときのことを振り返ってみた。未成年から成年になる。選挙権も得られるし、アルコールも煙草も吸えるようになる。とはいえ、まだ大学生であるので今一つ『大人になる』という感慨は生まれなかった。

それでも十代から二十代になるというのは、何かを『越えた』という気持ちはあった。希実は自分以上に『成人する』ということについて感慨深く思っているのかもしれない。

そんなことを考えながら、春は時計の針を見やった。午前零時まではあと二時間ほどある。テーブルの上に並んでいたものはだいたい食べ尽くしたので、春たちはソファに移動し、そこで少し前に話題になったミステリーを題材とした映画を観始めた。自分たちの作品の参考にするためである。

「原作、読んだ?」

ギルバートの問いに春は「読んだ」と答え、希実は「まだ」と首を横に振った。

「ネタバレになるけどいい?」

「いいよ。別に」

希実が少し面倒くさそうにギルバートの問いに答える。

「でもこれ、どんでん返しだよ」

春が横からそう言うと希実は「大丈夫」と彼には優しく笑ってみせた。

「映画のほうが出来がいいって噂《うわさ》だからね。もしかしたら僕と春のほうが先に読んでいて損をしたと思うかもしれないよ」

ギルバートもまた春に笑いかけてきたのに、そういうことはありがちだ、と春も笑い返した。

「コーヒーでも淹《い》れてこよう」

ギルバートがそう言い、キッチンへと向かっていく。

「手伝うよ」

春もまたソファから立ち上がろうとしたのだが、そのとき隣に座っていた希実に腕を摑《つか》まれ、ぐっと引かれた。

「なに？」

反射的に問い返した春は、希実が思い詰めた目をしていることに気づき、いたたまれなさからふと目を逸らせた。

「春」

希実が春に呼びかける。硬い声音に春は、希実が何か重大なことを告げようとしているのではと気づき、おずおずと視線を彼へと戻し問い返した。

「……なに？」

「……春、僕は……」

春の腕を握ったまま、希実がぽつり、と喋《しゃべ》り出す。

「………………」

春は希実が何を告げようとしているのか予測し、そしてその予測が外れることを祈りながらじっと希実の口元を見つめていた。

だが『僕は』と言ったきり、彼の唇は動かない。

「……どう、したの？」

黙り込んでしまった希実に春は、続きを促すべく声をかけた。希実がじっと春を見上げ、春もまた真っ直ぐに希実を見返す。

間もなく二十歳になろうとしている希実。相変わらず男らしい端整な顔だ、と春は一瞬友人の容貌《ようぼう》に見惚《みと》れた。

ギルバートとは違う意味で希実も『綺麗』だと思った。ギルバートが抱きたいと思う気持ちもよくわかる。ギルバートと希実。さぞ美しいペアになるだろう。ペアというのは変か。カップル、というのもなんだか古くさい。

『恋人同士』——二人の並んだ姿を表現するにはこの言葉が一番しっくりくる。そう思う春の胸には鈍い痛みが走っていた。

今日はやっぱり帰ろう。ギルバートはきっとそれを望んでいる。彼の愛情が希実から自分に移る可能性など皆無といっていいに違いない。

希実もギルバートに告白されれば、自分が愛を注ぐ対象として誰が相応《ふさわ》しいか気づくことだろう。いかにこれまで自分がつまらない人間を好きでいたか、その愚かさをようやく自覚するときが訪れたのである。

諦《あきら》めよう――心の中で呟くと同時にやりきれなさが募り、目を背けかけた春の耳に、掠《かす》れた希実の声が響いた。

「……ごめん。なんでもない。一人ここに残されるのも寂しいし、僕も手伝うよ」

希実の頬には笑みがあったが、明らかに引き攣っていたし、声は相変わらず喉《のど》にひっかかったような掠れ方だった。

言いたいことを言えずに堪えた。春にも当然、それはわかった。が、自身の想いを諦めたことで打ちひしがれていた春にとって、希実に対し、言いたいことを言わせてやろうという思いやりを持つことはできなかった。

二人してキッチンへと向かおうとしたが、既にギルバートはコーヒーを淹れ終わっており、希実と春は自分に用意されたマグカップを手にリビングへと戻るだけ、という結果となった。

希実が先に戻り、春があとに続こうとする。と不意に後ろからギルバートが春の耳許に囁《ささや》いてきた。

「さっきはドキリとした。ノゾミが君に告白するんじゃないかと」

「……見てたんだ……？」

全然気づかなかった。非難する気はなく、素で驚いただけだというのに、後ろめたい気持ちがあるからだろう、ギルバートは「聞き耳を立てていたわけでも、わざと覗きに行ったわけでもなく偶然だよ」と言い訳をしてみせたが、春がぽかんとしていると、その必要はなかったと察したらしく、

「ごめん。ちょっと焦ってるな、僕は」

と苦笑し、すっと春の傍から離れた。

「……気にしてないよ」

言いながらも春は、ギルバートの表情が強張っていることに気づき、なんともいえない気持ちになった。

焦っている——希実が春に告白をし、春がそれを断る。自分の計画がいよいよ実現するときかと思い、緊張を高めているのかもしれない。

そんな彼を見るのは、彼を諦めた今であってもやはりつらい。それで春は「希実が待ってるから」と言い残し、リビングへと戻った。

「どうしたの？」

なかなか戻ってこなかったことを訝《いぶか》り、希実が声をかけてくる。

「カウントダウンの打ち合わせをしていたんだよ」

希実の問いに答えたのは、春に少し遅れてリビングに入ってきたギルバートだった。

「映画を観終わる頃に零時を迎えるから。零時ちょうどにシャンパンで乾杯をしよう。ノゾミの二十歳を祝って」

「もう充分祝われているけどね」

ありがとう、と希実がギルバートに笑いかける。

「プレゼントもそのときでいいのかな？」

今、渡す？　と春は部屋の隅に置いてある自分の鞄《かばん》を振り返った。

「乾杯のあとじゃないか？　やっぱり」

それを聞き、希実が噴き出しつつ答える。

「情緒がないな、春は」

「だってもう、中身、わかってるしさ」

情緒も何もないだろうに、と春が口を尖らせると、希実は「そりゃそうだけど」と笑いながら、ぽんと春の頭を撫《な》でた。

「今年もまた祝ってもらえて嬉しいよ、春」

「そりゃ祝うよ」

友達なんだし。そう言おうとしたが、敢えて『友達』を強調しているように思われそうだと言葉をこっそり飲み込んだ。

映画は面白かった。確かにこれは原作よりよくできている、と春とギルバートは頷き合った。クライマックスにどんでん返しがあり、その内容に驚いた希実は、

「こういうの、いいね」

と目を輝かせ、春たちと、今度書く小説もこういう感じにしたいと盛り上がった。

「そろそろ時間だね」

時計の針は間もなく零時を指そうとしていた。ギルバートがキッチンに向かい、すぐにシャンパンを手に戻ってくる。

「春、シャンパンクーラーとグラス、取ってきてもらえる？」

「わかった」

ギルバートに頼まれ、春は一人キッチンへと向かおうとした。

「手伝うよ」

希実も続こうとしたが、ギルバートがそれを制した。

「君は今日の主役だから働かなくていいよ」

「主役主役って、たかが年を一つとるだけだよ」

希実が苦笑している間に春は言われたとおり、シャンパンクーラーとグラスを運ぶべくキッチンとリビングを二往復した。

ギルバートが器用にシャンパンの栓を抜き、三つのグラスに黄金色の液体を注ぐ。

「ヴーヴクリコか」

春はシャンパンの銘柄など一つも知らない。唯一、『ドンペリ』という名称はドラマか漫画で見知っている、というくらいだったが、希実はどうやら春より断然詳しいようだった。

「なんとなく、君は辛口が好きなんじゃないかと思ってこれを選んだ」

イエローラベルだ、とギルバートがラベルを示してみせる。

「さて、あと……十五秒。さあ、グラスを手に取って」

自身の腕時計を見やり、ギルバートが二人にグラスを勧め、自分も一つを手にとる。

「十、九……」

いよいよカウントダウンが始まった。なんだか意味もなく緊張する、と春は希実を見やり、希実もまた春を見返す。

「五、四、三、二、一……Happy Birthday!!」

ゼロ、のかわりにギルバートはそう叫ぶと、自身のグラスを希実のグラスにぶつけていった。

「おめでとう！」

春もまたグラスを希実と合わせる。

「ありがとう」

希実はにっこり笑うと、春とギルバート、二人を順番に見やってから、

「せえの」

と声をかけ、グラスを口へと運んだ。いっせいに飲もうということかと察し、春もまたグラスに口をつける。

ほぼ一気に飲み干すことになったシャンパンは、春にはとても美味しく感じられた。

「おめでとう、ノゾミ！」

ギルバートが明るく叫び、皆の空いたグラスにシャンパンを注いでくれる。

「春、プレゼントくれよ」

と、ここで希実が春に、珍しく催促をして寄越した。

「わかった。ちょっと待ってて」

春は急いで自分の鞄へと走ると、用意していたプレゼントを取り出し希実のもとへと戻った。

「おめでとう、希実。君が欲しいと言ってた手袋だよ」

ラッピングされた包みを手渡すと希実はそれは嬉しそうな顔になり「ありがとう」と微笑んだ。

すぐさま包みを開け、中から手袋を取り出す。

「マフラーも買ってくれたの？　ありがとう」

希実からは手袋のリクエストしかなかった。が、手袋の金額が安かったため、春は同じシリーズのマフラーも一緒に購入したのだった。

自分の誕生日のときに希実からは二十歳の記念ということでポータブルのＤＶＤプレイヤー

を貰《もら》った。手袋だけだとその値段より断然安く、申し訳ないと思ったからなのだが、希実にとってはサプライズになったらしく、春が思っている以上に感激し、ある意味春を戸惑わせた。

「嬉しいな。早速明日から使わせてもらうよ。ありがとう、春」

「喜んでもらえて嬉しいよ」

喜びすぎにも感じるけれど。そこまでのことはしていないという照れもあり、春は短くそう返すと、次はギルバートの番じゃないのか、と彼を見やった。

ギルバートのプレゼントこそがサプライズだ。きっと希実も喜ぶだろう。春の予測はだが、実現することはなかった。ギルバートはプレゼントを用意しているはずなのに、それを切り出さなかったためである。

「さあ、飲もう。シャンパンが空いたら次はワインだ。今、チーズとチョコレートを持ってくるよ。お腹が空いたのなら軽くつまめるものも作れる」

明るい口調でギルバートはそう言うと、どうする？　と希実に問いかけた。

「空腹ではないな。チーズはちょっと食べたい」

「わかった。ワインはどうする？　白？　赤？」

「白……かな。冷えたのが飲みたい」

「わかった。白だね。辛口がいいよね」

希実とギルバートの間で会話が弾んでいる。希実はすっかり上機嫌になっているようで、ギルバートに答える声は酷く明るかった。

ギルバートもまた、実に楽しそうにしている。そんな二人を見て、春もまた楽しくなってきてしまったのには、アルコールが生み出す昂揚感《こうようかん》のおかげも多々あった。

シャンパンはあっという間になくなり、白ワインのボトルもすぐに空になった。次は赤にしよう、という希実の希望どおりに赤ワインへと移行したが、そのボトルもすぐに空いてしまった。

春が一杯飲むうちに、他の二人は二杯飲む。どうやらギルバートも、そして希実もアルコールには強いらしいと春が察したときには彼自身、かなり酔っ払ってしまっていた。

時刻は間もなく二時になろうとしている。普段寝ている時間ということもあり、春はうとうとしてきてしまった。

「春、風邪を引くよ」

ベッドで寝るといいよ、とギルバートが揺り起こそうとしているのはわかってはいたが、閉じてしまった瞼《まぶた》は開かない。

「ここで寝かせてあげるといいよ。毛布か何か、ない？」

希実の声も聞こえたが、大丈夫だよ、と答えることもやはりできなかった。

「持ってくるよ」

ギルバートの言葉が聞こえたあと、暫《しばら》くしてふわりと毛布がかけられたのがわかった。

暖かい——ますます眠気が増し、そのまま睡眠の世界に落ち込んでいこうとしていた春だったが、ギルバートの苦笑にふと、意識が目覚めた。

「ノゾミ、君はどうあっても春を僕の寝室には入れたくないみたいだね」

「何を言っているんだか」

意味がわからない、と希実が吐き捨てる。

本人たちは自覚がないようだが、酔っているせいか二人の声はかなり大きく、春の耳には二人のやりとりは実に鮮明に届いていた。

「君は春が好きだ……友達としてではなく、恋愛の対象として。違う？」

ギルバートがずばりと斬り込む。この辺りで春は完全に目覚めていたが、いたたまれなさから寝たふりを貫こうと心を決め、ソファの上で毛布にくるまり、息を潜めていた。

「馬鹿馬鹿しい。何を言い出すのかと思ったら」

希実は肯定しなかった。だが否定もしない。カミングアウトする勇気がないということだろうか。それとも、実際、自分に対しては恋愛感情を抱いていないということだろうか。

このまま二人の言い合いが終わってくれるといい。話題が他に流れてくれないか。そう祈っていた春の耳に、酷く思い詰めた様子のギルバートの声が届いた。

「馬鹿馬鹿しくはない。僕にとっては大切なことだ」

「意味がわからない。君には関係ないだろう」

希実がそんなギルバートの言葉を一刀両断、斬って捨てる。

「関係ない……」

ギルバートはショックを受けている様子だった。確かに希実の言い方はきつかった。謝ってくれるといいのだけれど、と思っていた春だが、ギルバートは傷ついて黙り込むような男ではなかった。

「君にとっては触れられたくない領域だということはわかる。でも僕には触れなければならない理由がある」

ギルバートの声はどこまでも真摯《しんし》だった。目を開けずとも春には、彼がじっと希実を見つめているであろうと容易《たやす》く想像できた。

「不可侵領域だとわかっていて尚触れるとか。どんな理由にせよ、聞く気はないよ」

一方、希実はどこまでも不躾《ぶしつけ》だった。話は終わりだとばかりに乱暴に言い捨てたかと思うと、

「帰るよ。春を連れて」

と告げ、ソファへと彼が近づいてくる気配がした。

「待ってくれ」

ギルバートがそれを制したらしい。揉《も》み合うような音が少し続いたあと、室内にギルバートの切なげ、としかいいようのない声が響いた。

「君が好きなんだ、ノゾミ……友情としてではなく」

「……っ」

希実が息を呑んだ音が聞こえる。

まさかここで告白をするとは思わなかった。と春は毛布の中、目を見開いてしまっていた。ギルバートがかつて立てていた作戦は、春が希実をふるまで待つ、というものではなかったか。傷ついた希実を慰め、彼の心に入り込む。そのはずであったのに、なぜ、ギルバートは今のタイミングで愛を告白してしまったのだろう。

耐えられなくなったんだろうか。抱いている想いが膨らみすぎてついに胸を突き破り、言葉となって唇から迸《ほとばし》ってしまったのだろうか。

気持ちは痛いほどにわかる。自分ももう限界だと思うときが何度もあったから。でもその告白を受け止める希実の気持ちは？　希実はギルバートの想いを果たして受け入れるだろうか。

「ノゾミ……君が好きだ」

自信がなさげなギルバートの声。微《かす》かに震えるその声は、春の胸に刺さった。常に余裕を感じさせるギルバートがそんな声を出すなんて。痛ましい、と唇を噛《か》んだ春の耳に、微かな溜め息の音が聞こえた。

溜め息をついたのは——おそらく希実だった。そのあと長い沈黙のときが流れ、室内に響くのはただ、壁掛けの時計の秒針の音のみとなった。

「…………ごめん、ギル」

どのくらい時間が経っただろう。低い、それこそ聞こえないほどの低いトーンで謝罪をする希実の声が、春の耳に届いた。

「………それは……僕の気持ちは受け入れがたいということ?」

問いかけるギルバートの声のトーンも低かった。掠れ気味のその声に被《かぶ》せるように、希実が再び告げた、

「ごめん」

という声が響く。

「……春のことが好きだから?」

ギルの問いに希実は、驚くほど素早く反応した。

「違う」

「嘘《うそ》だ」

「春は関係ない」

対するギルバートの反応も早かった。

「関係ないことはないだろう? 君が春を好きなことは見ていればわかる」

「……おい」

と、ここで希実が、一瞬息を呑んだあと、低い声でこう、問いかけた。

「もしかしてギル、君が春にちょっかいをかけていたのは、僕に対する当てつけか?」

「それは……」

ギルバートが言葉に詰まる。それでは肯定しているようなものだ。と春が案じたとおり、希実はそう解釈した上で激昂《げっこう》した。

「貴様……っ！」

怒声が上がり鈍い音が響く。殴ったのか、と察したときには春は、自分が寝たふりをしていたことを忘れ、思わずソファの上で身体を起こしてしまった。

「希実！」

春の目の前で、希実が床に沈んだギルバートの襟《えり》首を摑んで持ち上げ、再び彼を殴ろうとしていた。

殴らないでほしい。慌てて駆け寄り、希実に縋《すが》ろうとしたが、既に彼は二発目の拳をギルバートの頰に打ち込んでいた。

襟首を摑んだままなのでもう、ギルバートが倒れ込むことはない。続いて三発目を殴ろうとしているその手に、春は堪らず縋っていた。

「希実、もうやめて。殴らないで」

「春、離せっ」

希実の頭にはすっかり血が上っているらしく、春が突然起き出したことに対して驚きや疑問を覚える余裕がないようだった。

「落ち着いて、希実。暴力は駄目だ」

なんとか拳を下ろさせようと、春は必死で希実の腕に縋った。

「殴らずにはいられないんだ。離せっ」

希実が春を振り切り、拳を高く振り上げる。

「やめてっ」

ギルバートを殴らないでほしい。春の頭にはそのことしかなかった。腕を振り解《ほど》かれ、よろけた次の瞬間、気づいたときには春は、希実とギルバートの間に割り込むようにして、ギルバートに抱きついてしまっていた。

「春……」

呆然《ぼうぜん》とした希実の声が背後でする。

「……春……」

すぐ耳許ではギルバートの、酷く掠れた声がした。

「……あ……」

春は我に返り、ギルバートに抱きついたまま希実を振り返った。

「まさか……君は……」

希実の瞳が見開かれる。

「…………」

気づかれた――春が確信した直後、希実は春からバッと目を逸らせると、そのままの勢いで部屋を駆け出していった。

「ノゾミ！」

呼びかけたのはギルバートだった。春は何も言葉を発することができず、自分を押し退《の》けるようにして希実のあとを追ったギルバートの背中が目の前から消えるさまを立ち尽くしたまま眺めていた。

9

やがてギルバートが部屋に戻ってきて、春に向かい首を横に振ってみせた。

「……ノゾミは帰ってしまった。外まで追ったが、目の前でタクシーに乗られてしまった」

春に説明するというよりは、独り言のような口調でギルバートはそう告げたかと思うと、春の横をすり抜け、先ほどまで春が寝たふりをしていたソファへとどっかと座り、そのまま頭を抱えてしまった。

「……ギル……」

はあ、と肺腑《はいふ》を抉《えぐ》るような溜め息を漏らすギルバートの名を、思わず春は呼んでいた。

「………………春…………………」

ギルバートがゆっくりと顔を上げ、春を見る。彼の顔色は真っ白で、いつも澄んでいる美しい青い瞳が血走っている。

「……大丈夫？　水、持って来ようか？」

具合が悪いようにしか見えない。それで春はそう問いかけたのだが、ギルバートは春の問いには答えず、ただただじっと顔を見つめてきた。

「……あの……ギル……？」

見つめる、というより睨み付けているといったほうが相応しいギルバートの凝視に堪えられず、春は再び彼の名を呼んだ。

「……どうして……君、なんだ」

上擦ったギルバートの声。彼の手がすっと上がり、真っ直ぐに春へと伸びてくる。

「………」

来い。そういうことだろうか。それとも来るなということだろうか。わからない。が、今、ギルバートが酷く傷ついていることだけはわかる。春はよろよろと彼に歩み寄り、その手のあるところに──彼の前に座り込んだ。ギルバートの手が春の頬《ほお》にかかる。

「……ノゾミの心は君にある。そのことすら、彼は僕に明かそうとしない。なぜだかわかるかい？　春」

今、ギルバートは泣きそうな顔をしていた。つい先ほどまであった鋭い眼光はすっかり影を潜め、彼の青い瞳には薄く涙が滲《にじ》んでいた。

「……なぜ……？」

わからない。ただ一つ、わかるのは、傷ついたギルバートの心を癒せるものなら癒したい。自分がそう願っていること、それのみだった。

「君を巻き込みたくないんだ……僕との間に生じるであろういざこざに。僕だけじゃない。誰との間に起こるトラブルにも、そう——ありとあらゆる災厄から彼は、君を守りたいと思っている。なぜかわかるか？　わからないだろうね。教えてあげよう。愛情からだよ。君には決して理解できない、同性への愛だ」

「僕は……」

理解しているよ。言いかけた春に向かい、ギルバートがまたも、ああ、と嘆きの声を上げる。

「悪かった。君に当たるつもりはなかった。君は何も悪くない。誰が悪いのでもない。ただ……そうだな。運が悪かった……はは、そうだよ。運が悪かったんだ。運が良ければノゾミは僕を好きになってくれた……そう思うしかない。そう思うしかないよ……」

はは、と乾いた笑い声を上げ、ギルバートが再び両手に顔を埋める。

「……ギル……」

泣いているのだろうか。彼の涙を思うと胸が張り裂けそうな思いがする。春は堪らずギルバートの膝《ひざ》に縋り、彼の顔を下から覗き込もうとした。

泣いているところなど見られたくないに違いない。普段の春であればそのくらいの配慮はできただろうに、今、春の心はギルバートをなんとかして慰めたいという想いでいっぱいとなっていたため、ごく当たり前の気遣いもできなくなっていたのだった。

「……君が羨ましいよ、春」

ギルが顔を両手で覆ったまま、ぽつりとそう呟く。

「……僕は……」

希実が羨ましい。もう少しでそう言いそうになり、春は気力でそれを堪えた。

ここで希実の名を出してはいけない。殆《ほとん》ど思考は働いていなかったが、それだけは本能で嗅ぎ取っていたため、他に何かかけるべき言葉はないかと春は必死に考えた。

「僕に……できることはない？」

あると言ってほしい。そう願いながら訴えかけた言葉は、あからさまなほどきっぱりと拒絶されてしまった。

「ありがとう。でも今、君に求めることはない……強いて言えば、放っておいてほしいということくらいだ」

「ギル……」

切ない。春の胸は今のギルバートの発言を聞き、自分でもどうしようもないくらいの哀しみに締め付けられてしまっていた。

「……今日はウチに泊まることになっているんだったよね。よかったら寝室を使ってくれ。僕はここで寝る。いや、寝られないな。飲み明かす。悪いけど、今、君の顔を見るのはつらいんだ。頼むから寝室に行ってくれないか？」

帰ってくれれば更にいい。そう言いたげなギルバートを前にし、春の中で何かが弾けた。

自棄《やけ》になっていたのではないかと、あとになって春は無駄な自己分析をした。が、そのとき、わあっと彼の頭に、そして胸の中に湧き起こった感情は、自身でも説明も分析もできないものだった。

「そんなことは言わないでほしい。僕は君の力になりたい……君の心の傷を癒したいんだ」

するりとその言葉が春の口から零れた。

「…………」

ギルバートが顔を覆っていた両手を外し、春を見下ろしてくる。

「僕では……僕では駄目かな。あなたを慰めることはできないかな……?」

訴えかける自分の声を春は、自分のものではないように聞いていた。

「慰める? 君が、僕を?」

啞然としていたギルバートの顔が次第に歪《ゆが》んでくるのがわかる。

彼の感情に黒い何かを吹き込んでいるのは自分だ。春は今、はっきりとそのことを自覚していた。

「君が、僕を慰めてくれるの?」

問いかけてくるギルバートの目には、邪悪な光があった。いつもは端整この上ない彼の頰は今、不自然な笑みに歪んでいる。

それでいい。哀しみに打ちひしがれた姿より憎しみに身を焼く姿のほうがまだ、見ていて耐えられる。

その憎しみの対象になろう——そこまで冷静に考えていたわけではなかったものの、春は下種《げす》な、としかいいようのない笑みを浮かべるギルバートの前で、ほんの少しの安堵《あんど》と、そして期待を胸に座り込んでいた。

「『慰める』という日本語には、性的なニュアンスも含まれるケースがあると聞いたけれど、本当？」

知らない——そう答えれば何も始まらない。春にはそれがわかっていた。

わかっていて尚、自分が首を縦に振った理由は、彼自身にもよくわかっていなかった。

「やっぱりそうなんだ」

ギルバートが微笑みながら、春の後頭部へと手を伸ばす。もう片方の彼の手は、自身のスラックスのファスナーへと向かっていた。

「…………」

何をしようとしているのか、後頭部を押され、反射的にギルバートの顔を見上げた春に、彼が邪悪な笑顔のまま問いかけてくる。

「春、君、フェラチオをしたことはある？」

「…………っ」

フェラチオ——単語でしか知らない。卑猥《ひわい》な言葉だ。何故にそんな言葉を今、ギルバートは告げるのか。

多分——春にはわかっていたのだと思う。自分のすべきことが。だからこそ、あのとき自分はああも落ち着いていられたのだろうと、後に春はそう自己分析した。

「慰めてよ。僕を」

ジジ、とギルバートがスラックスのファスナーを下ろし、中に手を突っ込んで自身の萎《な》えた雄を外に出す。

「舐《な》めて」

言いながら彼が春の後頭部を押しやり、顔を己の雄へと押し当ててくる。

「…………」

今なら拒絶できる。ギルバートの手を振り払い、立ち上がって部屋を出ることができるし、そうすべきである。頭ではわかっているのに、春は口を開き、ギルバートの雄を咥《くわ》えていた。

同性の雄を咥えたことは勿論ないし、間近ではっきりと見るような機会も当然なかった。外国人のそれは日本人の——自分のものとは少し違うな、という冷静な判断を自分が下していることに春は戸惑いと、そして幾許《いくばく》かの頼もしさを感じていた。

苦い味が口の中に広がる。

「……春……」

ギルバートは春が本当に咥えるとは思っていなかったようだった。唖然とした彼の顔を見た途端、春の中で欲情の焔《ほむら》が燃えさかった。

フェラチオの経験などないから、どうしたらいいかわからない。取りあえず舐めてみる。舌を出し、先端のくびれた部分を舐め上げる。

びく。

口の中でギルバートの雄が震え、一気にかさが増してきた。興奮しているのだと思うとますます春の欲情も煽られ、自分ならどうされたいかという思考に結びついていく。

どうしたら自分は気持ちよくなるか。竿《さお》を扱き上げ、先端にしゃぶりつく。

「……春……っ」

急速に硬さを増していくギルバートの雄の先端からは苦みのある液が滲んできていた。それを音を立てて啜《すす》るとまたもギルバートの身体はびく、と震え、春の口の中の彼の雄はかさを増していった。

ああ、感じてくれているんだ——そう察した春の胸には、達成感としかいいようのない想いが溢れていた。

「春」

名を呼ばれ、顔を上げる。

カシャ。

ギルバートがスマートフォンのカメラで自分を撮ったということに、春は一瞬、気づかなかった。

「この写真をノゾミに送ってやろう」

ギルバートにそう言われ、ようやく気づきはしたものの、自身の言葉に興奮したらしいギルバートの雄が口の中でこれでもかというほど存在感を主張してきたことへのときめきが勝り、何も考えられなくなった。

いかせたい。自分がギルバートに快感を与えているなんて、夢のようだった。もしかしたら自分は常に、こうしたいと切望していたのかもしれない。さあ、頑張らねば。竿を扱き上げ、先端を舐りまくる春の耳に、上擦ったギルバートの声が響く。

「メールしたよ。ノゾミはさぞ、驚くことだろうね……っ」

ははは、と高笑いしたと同時にギルバートは射精した。春の口の中が青臭い液体で溢れる。不味《まず》い——。その不味さが春を我に返らせた。飲み下すことなどとてもできず、げほげほと咳《せ》き込んでしまう。

「大丈夫?」

そんな春の様子が、今度はギルバートを我に返らせたようだった。慌てた様子で春の腕を摑んで身体を持ち上げ、自分の隣に座らせると、咳き込む春の背を優しくさすってくれた。

「ごめん。ごめんよ、春」

心底後悔しているふうのギルバートの声を聞く春の胸には今、ようやく後悔の念が芽生えっ

つあった。

「本当にごめん……っ」

ギルバートもまた、素に戻ったようだ。真摯な声で詫《わ》びる彼は酷く思い詰めているようだった。大丈夫、そう言いたくて春が顔を上げたそのとき、ギルバートの携帯電話の着信音が周囲に響き渡った。

「……あ……」

ディスプレイを見てギルバートが顔色を変える。春の視界の隅をギルバートのスマートフォンの画面が過《よ》ぎり、そこに春は希実の名をはっきりと見出した。

ギルバートは少しの間、応対に出るか否かを迷っていた。が、出ないですませるのは卑怯とでも思ったのか、意を決した顔になるとボタンを押し、電話に出た。

「はい」

『ギル、なんだ、今のメールは』

「……それは……」

ギルバートはスピーカーホンにしているわけではなかった。が、すぐ近くにいる春の耳は、電話越しに響いてくる希実の声をはっきりと聞き取ることができた。

言葉を失うギルバートを、希実が追い詰める。

『なんのつもりであんな写真を送った？　合成なんだろう？　それとも君は春にフェラチオを

強要したのか？　そうだとしたら僕は君を許さない。今、この瞬間にも君の部屋に戻って君を殺してやる』

殺してやる――押し殺したその声に、希実の本気を感じ取った春は、思わず手を伸ばし、ギルバートの手からスマートフォンを奪い取っていた。

「もしもし、希実？」

いきなり春が出たからだろう。電話の向こうでは希実が戸惑ったように息を呑んでいた。

「希実、聞いて。ギルは悪くない。僕が言ったんだ。慰めたいって。君にふられたギルを見ていられなくて、どうしたら慰められるって聞いて、それであなったんだ。だからギルは全然、悪くないいんだよ」

『……春……』

耳に当てたスマートフォンから響いてくる希実の声には、まるで生気がなかった。

『……嘘だよ……ね？』

泣いているに違いない声を出す彼に向かい、春は己の非情さを自覚しながらもきっぱりと肯定していた。

「嘘じゃない。僕がしたくてしたことなんだ。ギルは悪くない。ギルは悪くないんだ」

繰り返した春の言葉を聞き、ギルバートが身体を強張らせたのがわかった。彼の顔を見上げる勇気はない。それで春は俯いたまま電話の向こうにいる希実との通話を続けていた。

『君は…………ギルが好きなの？』

殆ど聞こえないような微かな声で、希実が問いかけてくる。

「うん」

即答した春の耳に、深い希実の溜め息が響いた。

『……わかった。申し訳ないが、ギルに僕の暴言を詫びておいてくれ』

溜め息のあと、希実はそう告げると春からの返事を待たず電話を切ってしまった。

「………」

春もまた、電話を切りその電話をギルバートに差し出す。

「……僕は…………とんでもない勘違いをしていたのだろうか」

電話を受け取りながらギルバートが春を見下ろし、呆然とした表情のまま、そう呟いた。

「………僕は………」

喋り出したものの、春はどう続けていいか迷いここで口を閉ざした。

「……春……ごめん。本当に申し訳ない」

そんな春に向かい、ギルバートが真摯な口調で謝罪し、深く頭を下げてくる。

「謝らなくていい。僕は……」

謝罪をされることではない。好きになったら好きになり返すルールなんてこの世にはないんだから。

そんな、笑いに持っていけたらよかったのに、と春は思ったが、今にも涙が溢れてきそうでそれ以上は何も言えなくなった。

「僕はどうして……気づかなかったんだろう」

ギルバートが己を悔いている。その必要はない。決して気づいてほしくないと切望していたのは自分なのだから。

そう伝えたかったが、泣いてしまいそうだったので春はただ、首を横に振り微笑んでみせた。

「僕、もう帰るから」

それだけ言うのがやっとだった。

「春」

ギルバートが立ち上がろうとする春の腕を摑む。

「……もう、いいから」

無理はしなくていい。慰めもいらない。その手を振り払い、春は立ち上がると呆然とした表情で自身を見上げるギルバートに向かい首を横に振った。

「黙っててごめん。でも、言えなかった……勇気がなかった。悪いのは全部僕だから。それじゃあ」

春はそれだけ言うと、自分の上着と鞄を摑み、ギルバートの部屋を飛び出した。

追ってきてくれるだろうか。希実を追ったときのように、ギルバートは自分のことも追いかけてくれるだろうかという期待感は、意識していなかったものの春の胸の中にはたしかにあった。

だが、マンションを駆け出し、自宅へと向かって歩き始めたあとにも、背後に足音が少しも響いてこないことには気づかざるを得ず、春は思わず足を止め、ギルバートのマンションを振り返ってしまった。

彼が追ってくる気配はまるで——なかった。

これが現実だ。これが答えだ。考えるまでもなく、常にギルバートは『正解』を示してくれていた。それ以外に正しい答えなどなかったのだ。

思い知らされた瞬間だった。胸の中に一瞬、恨み言が浮かびかけた。が、そんな立場に自分はいない、とすぐさま思い直し、春は前を向いて歩き始めた。

すべてが一気に動いた夜だった。多分、三人が三人とも、この一月というもの無理をし続けてきたのだ。それぞれが限界を迎えた、その結果だろうと春自身、納得できた。だが明日からの日常を思うとやはり、溜め息を漏らさずにはいられなかった。

希実との間の友情は、未だ有効なんだろうか。希実からはなんの告白もされていない。彼の気持ちに気づかないふりをし続けることができるのなら有効だろう。だが春は、その可能性はかなり低いと肌で感じていた。

希実は多分、自分のことを許さない。許す、許さないという表現が適しているかはわからないが、少なくともこの先希実と自分が今までどおりの関係を続けてはいけないだろうと春は察していた。

友情を失ってしまったことへの寂寥感《せきりようかん》はある。だが同時に春の頭には、最初から『友情』は存在していなかったのではないかという考えが浮かんでいた。

この三年間、希実と春は親友として過ごしてきた。だが『親友』と思っていたのは春のみで、希実は春に対し、恋情を抱いていた――と思われる。

最初から偽物だったのだ。だから失ったとしてもある程度の哀しみは感じるが、仕方ない、という想いのほうが大きかった。

同じことはギルバートに対してもいえた。こちらは双方、『友情』は抱いていなかった。春は彼に対し『愛情』を抱いていたし、ギルバートは春を利用しようとしか考えていなかった。

少しは友情もあったかもしれない。だが本来の目的は希実をものにすることだった。そのための手段として、自分と仲良くしていたにすぎない。

だがそれを本人から明かされていたためだろう。不思議と憤りは覚えていなかった。

今、春の胸にあるのは空しさ、それのみだった。

ギルバートには想いを伝えた。だが彼はそれに応えてはくれなかった。最初からわかっていたことなので、落ち込むことはない。だが、悲しいと思う気持ちは抑え込むことはできなかった。

家に帰ったら泣こう。一人きりの部屋で、思う存分、涙を流そう。そうすることで昨日までの自分と決別するのだ。

込み上げる涙を堪え、家路を急いだ春だったが、実際家に帰り、自室にこもったときには彼の涙腺は少しも緩むことはなく、どうして泣けないのだろうと疑問を抱えたまま春は、眠れぬ夜を過ごすことになったのだった。

翌日――。

春はいつものように登校したのだが、同じ講義を取っているはずのギルバートの姿を教室で見出すことはできなかった。

いつもであれば、希実と待ち合わせる昼食も、彼からメールが来ることはなかった。

昼休み、一人で学食で昼食をとりながら春は、勇気を出して希実にメールをしてみた。が、返信はなかった。

試しにギルバートにもメールをすると、彼からはすぐに返信があった。

『申し訳なかった。本来なら直接会って謝罪するべきだということはわかっている。でも、とてもその気力はない。明日にも英国に戻るつもりだ。君の友情は忘れない』

「………」

春はそのメールを何度も何度も読み返した。

結果、感じたのはギルバートの罪悪感ではなく、拒絶感、それのみだった。

気持ちはわかる。今回も春はそう思い、ギルバートを責める気にはなれなかった。こうも早く帰国することに関して、彼は親になんと説明するのだろう。

どう説明しようとも、彼の両親はきっと安堵するのだろうと思う春は、自身が微笑んでいることを自覚し、笑えるのだな、と自分の逞《たくま》しさにまた苦笑した。

結局春は、ギルバートのそのメールに返信をしなかった。それから暫くして同じ経済学部の友人から、ギルバートが大学を辞め、英国に帰国したことを知らされた。

挨拶《あいさつ》がなかったことについて、ギルバートに対し、怒りを覚えることはなかった。そんな春ではあったが、自分の知らないうちに希実が大学を辞めていたことを共通の友人から知らされたときには、

「うそだろ？」

と声を荒立てずにはいられなかった。

「嘘って、それこそ嘘だろ？　お前、知らなかったの？」

それが驚きだよ、と本当に驚かれ、春は何も言えなくなってしまった。

「知らなかった」

「海外に留学するとか、聞いたな」

英国だろうか。なぜかそれが気になり、春は問いかけていた。

「海外ってどこ？」

「知らないよ。てか本当にお前、知らなかったの？」

友人は何も知らず、その後、希実を知る人間を辿《たど》り皆に話を聞いても、大学を辞めてどこか海外に留学したらしいという情報以外、得ることはできなかった。

冬休みも過ぎ、春休みも過ぎ、春は三年生になった。就職活動で忙しい日々を過ごすことになった春の傍にはもう、希実も、そしてギルバートもいなかった。

寂しいと感じなかったといえば嘘になる。だが春は一刻も早く、二人の不在に慣れようとした。春の就職希望先が超難関といわれるマスコミであったことが、友人二人を失ったことを忘れさせてくれていた。

なぜ、マスコミを希望したのか。

自覚はなかった。が、面接の際、志望動機を面接官に告げた瞬間、春は自分の本心に触れることができたのだった。

「実は友人と一緒に、ミステリー小説を書こうとしていまして……結局それは日の目を見なかったのですが、その経験を経て、自分の読みたい、そして世間の人が読みたい作品を世に出す手助けをしたいと、そういう希望を持ち、御社を志望しました」

ああ、そうだ――。あのとき三人で考え、形にしようとしていた物語はもう二度と、世に出ることはない。

世に出ない、ということが問題なのではない。完成していないことが問題なのだ。

あのとき自分は、完成しないということを予測していなかった。完成するということも予想していなかったかもしれない。だがああも唐突に、二人の友人を失うことになるとはまったく予想していなかった。

二度と会うことはかなわないかもしれない。でも、メディアを通じて気持ちを伝えることはできるかもしれない。

『かもしれない』ではなく、『したい』。強い思いを抱けばそれが、実現する可能性が生まれる。

春は出版社を大手、中小含め、十社以上受けた。コネもなかったので、大手にはふられまくったが、中堅といわれる社から、内定を取得することができた。

「君の面接での発言に、熱意を感じました」

内定を伝えてくれた人事担当者に礼を言いながら春は、その部分には少しの嘘もなかったから、彼の心に響いたのかもしれないなと面接の席上を思い起こしていた。

もう一度――会いたい。

希実に。そしてギルバートに。

どうしてあのとき自分は、二人に向かい、手を差し伸べなかったのだろう。

もう、無理だと思ったから。理由はすぐに見つけられた。だがそれでも尚、手を伸ばすべきだったと思う反省からは逃れることができなかった。

三年越しの友人を、一瞬にして失った。そんなことが許されていいわけがない。

だが結局は『許されて』しまったのだ。あれから希実とも、そしてギルバートとも連絡はまるでとれていない。

友情とはなんだろう。そして恋情とはなんなのだろう。

面接では決して口にすることのなかったその疑問は、未だ春の胸の中にあった。

それを解明する日は果たして来るのだろうか。来てほしいものだ。心の底からそう祈りながら春は、消息を追うことができなくなった二人の友人のうち、果たして自分が本当に会いたいのはどちらなのか、そんな葛藤を密かに抱えていたのだった。

10

春《しゅん》が大学を卒業し、中堅といわれる出版社に就職してから、一年の月日が流れようとしていた。

出版社での配属は営業だった。編集部を希望していたのがかなわなかったわけだが、くさるのも馬鹿馬鹿しいと春は、営業の仕事に没頭していった。

自暴自棄、というわけではない。春は学生時代の経験から、堅固と思われている関係も事象も、きっかけがあればすべてを失う可能性があるということを知っていた。

それだけに彼は、『人と人とのかかわり』を重視した。

営業という部署では、人間関係を大切にしようとする春の姿勢はよく『はまった』。おかげで彼は取次や書店から可愛《かわい》がられる存在となり、営業部での地位をそれなりに固めていった。

春の出版社は中堅どころではあったが、ミステリー部門の賞に関しては、大手にひけをとらない知名度があった。

春のこの会社に対する志望動機もそのあたりにあったのだが、そのミステリー大賞に寄せられた一つの作品が、春の興味を引いた。

こうした賞は滅多に『大賞』が授与されることはない。今回も大賞は該当なしで、佳作が二作、選外佳作が四作選ばれることとなった。

春は雑誌でそれらの作品の講評を読んだのだが、選外佳作に選ばれた一作が気になり、編集部を訪れた。

「あれ？　どうしたの？」

春は各編集部と顔つなぎができていた。推理小説の担当部署では五年目の茂木《もぎ》という社員と親しくしていたため、ごく普通に編集部を訪れることができた。

「あの、選外佳作の一つなんですが、全文読むことはできますか？」

春の問いかけに茂木は「勿論《もちろん》」と頷《うなず》き、雑然とした机の上から応募原稿を探し出してくれた。

「佳作にしてもいいかという意見も出たんだけど、今一つ、インパクトに欠けてね。最後のどんでん返しは出色の出来だった。その分、途中の経過が惜しいということになったんだけど、なに？　営業さんのお目にとまったってこと？」

「いや、個人的な興味なんです」

すみません、と頭を下げた春に茂木は、

「なんだ、そうなんだ」

とがっかりしてみせながらも、どうぞ、とその原稿を渡してくれた。

「『個人的』に興味を引かれた部分を教えてもらえるとありがたいな」

最近、これといった新人が出てこないんだと嘆く茂木に春は「読んだらお伝えします」と約束をし、編集部をあとにした。

自席で春は、その原稿を読もうとタイトルページに目を落とした。

『クロス・ワード・パズル』

このタイトルには見覚えがありすぎるほどにある。あらすじもしかり。それゆえ春は、この作品の内容を確かめずにはいられなかった。

『投稿歴はないみたいだ。これが初投稿のようだ。大学受験と同じく、記念受験っぽいな』

編集部を出る際、茂木が教えてくれた言葉が頭の中を巡る。

『篠　義』しのよし、というのがペンネームらしい。春が渡されたのは原稿のコピーだったため、本名等が書かれた応募用紙はついていなかった。

『殺そう。彼を。それ以外の選択は美波《みなみ》には考えられなかった』

表紙を捲《めく》り、原稿用紙に書かれた文章を読み始める。

美波――この名にも覚えがあった。彼女の恋人の名は確か、晴樹《はるき》といった。そのとおりの名前の恋人が出てきたとき、春はこの原稿を書いた人物が誰かを確信したのだった。

「……希実《のぞみ》だ……」

春の口からその人物の名が零《こぼ》れ落ちる。

今、春が読んでいる小説は、かつて希実とギルバートと共に書こうとしていたミステリー、そのものだった。

あらすじを見たときに、あれ、と思った。『クロス・ワード・パズル』というタイトルもあのとき三人でつけたものだ。

『ひっかけでさ、「クロスワードパズル」もアイテムの一つとして出すんだけど、言葉が交差して誤解が生まれる、「ワード」が「クロス」する、という意味のタイトルだったって最後にわかる、みたいなのはどうかな』

提案したのは希実だったか。それともギルバートだったか。

『いいね!』

即座に同意したことはよく覚えている。だから『クロスワード』ではなく『クロス』と『ワード』の間に『・』を入れようということになったのだった。表紙に戻り、その『・』を確認した春の顔にはいつの間に浮かんでいたのか笑みがあった。

それから彼はラストまで一気に読んだ。彼の脳裏には三年前の学生時代の風景が浮かび続けていた。

書き始めるより前に、三人は別れ別れになった。ギルバートは英国に帰り、希実もまた海外へと飛んだ。だいたい構想がまとまり、どうやって書こうかと話し合ったことを思い出す。

『各章ごと、リレーするのは?』

提案したのは希実だった。

『統一性があったほうがいいと思うから、書くのは一人がいいんじゃないか』

そう主張したのはギルバートだ。

『視点で分ければいいんじゃないかな』

自分はそう提案し、それだとすれ違っていたという最後のオチが台無しだ、と二人に笑われた。

『小説らしい文章を書ける自信が無いから、春、書いてよ』

僕は理系だから。頼むよ、と拝んでみせた希実の顔が春の頭に浮かぶ。

うん、理系の文章だ。端的で——そして情緒がない。

希実との会話がまさに、そんな感じだった。無駄な表現は少しもなく、愛想がなさすぎて誤解されることが多い。

誤解されても別にいい。誤解するような人間と深い付き合いなどしなくてもいい。その言い分も一理あったので春は敢えて、物言いを気をつけるようにというアドバイスはしなかった。

結果、彼の友人は自分くらいになったけれど、それこそが希実の望むことだということに気づいたのは、彼と別れたあとだった。

書いたのか——。

可能性としてはギルバートが書いた、というパターンもあったが、春はこれが希実の書いたものだと確信していた。

ラストのどんでん返しのシーンを読み終わると春は、再び茂木のもとを訪れた。

「すみません、この『篠義』という人の名前と現住所、わかりますか?」

「え? なんで? てか個人情報なんだけど」

教えられないよ、と首を横に振る茂木に春は深く頭を下げた。

「お願いします! 僕の同級生なんじゃないかと思うんです! 本名は片岡《かたおか》希実というんじゃないですか? 篠義は……っ」

「ええっ?」

春の剣幕に茂木は驚いていた。が、どうやら正解だったようで、

「ちょっと待ってて」

と言うと、応募用紙を探し出し、春に渡してくれた。

「岡崎《おかざき》の言うとおり、本名は片岡希実だね。君のガールフレンド?」

探るような目を向けてくる茂木に春は、

「希実は男ですよ」

と教え、応募用紙を見やった。

「男なの? そういや性別を書く欄がなかったから、名前からてっきり女だと思ってた。へえ、男なんだ。大学生だってね。岡崎とは違う大学だったような?」

「途中までは一緒だったんです。高校二年から、大学二年まで」

応募用紙は直筆だった。見覚えがありすぎるほどにある右上がりの文字を眺める春の胸に、感慨、としかいいようのない思いが込み上げてくる。

「大学二年まで？　そこから進路を変えたってこと？」

茂木の声が遠いところから聞こえてくるような錯覚に陥る。

「……いろいろ、あったんです」

用紙に書かれていた住所は、あまりに見覚えのあるものだった。

希実が大学を辞めたと聞いたあと、春は何度も訪れたことのある希実のマンションに一度だけ行ってみた。

まだ表札には『片岡』の文字があった。が、インターホンをいくら鳴らしても誰も応対に出なかった。

海外に留学したということだったから、購入したというその部屋も手放したのだろう。春はそう思っていたのだが、応募用紙に書かれていたのはその住所だった。

大学名も書いてあった。春の母校より、明らかに数段ランクが上の学校だった。四年生と書いてある。一年ダブったということだろう。

それにしても――連絡を取ろうとトライしていれば、あまりに容易《たやす》くとれる場所に希実がいたという事実に春はある意味衝撃を覚えていた。

わかっていれば去年でも、そして今年でも、トライしていたことだろう。見慣れた希実の直筆を見る春の胸は、この上ない懐かしさで溢《あふ》れていた。

「知り合いならさ、この先、作家としてやっていく気があるかどうか、聞いてもらえないかな。なんとなく、記念受験っぽい気もするけど、才能はあると思うんだよね。育てていきたいと思う。でも本人にやる気がなきゃ、空回りになっちゃうからさ」

頼むよ、と茂木に頭を下げられた春は、

「聞いてみます」

と答えたものの、希実と連絡を取ることに対し、躊躇《ちゅうちょ》を感じてしまっていた。

三年。

三年という歳月は決して短いものではない。友情を育んでいたのと同じだけの時間、『無関係』といっていい時間が流れていた。

果たして希実は自分からの連絡を喜んでくれるだろうか。迷惑に感じるのではなかろうか。そうとしか思えず、春は希実に連絡を取るという勇気を持てずにいた。

そのかわり、というわけではないが、帰宅すると春はすぐ、ギルバートにメールをした。ギルバートとはメールアドレスを交換していたが、クリスマスとか年末とか、互いの誕生日以外に交流を持ったことはなかった。

だが今回のことは知らせずにはいられなくて、春はギルバートに、希実が三人で考えた小説を懸賞に応募してきた、と伝えたのだった。

ギルバートからはすぐさま返信がきた。

『正直、驚いた。希実とは一応Facebookでは繋《つな》がっているけれど、賞に応募したなんてこと、彼は呟《つぶや》いていなかったよ』

春にとっては希実がFacebookをやっていること自体が驚きだったが、それ以上に、希実とギルバートがごく普通に繋がっていることに驚きを感じていた。

『連絡、取り合ってたんだ』

春は思わずそう返信してしまったが、それに対するギルバートの返信を見て、そういうことか、と納得した。

『共通の友人の友達リストに彼がいたんだ。友達申請してみたら、あっさり承認された。そのあと数回、やり取りはしたけれどそれきりだ。最近のことだよ』

そうなんだ——春はFacebookもTwitterもやっていなかった。もしもFacebookをはじめればまた、希実と繋がれるのかなと考えたが、拒絶される可能性のほうが大きいかもしれないと思い直した。

ギルバートに礼を伝えると『希実によろしく』と返事がきた。

『よろしく』——果たして自分が希実と連絡を取る日は来るのだろうか。

連絡を取ろうとしたから、茂木に無理を言い現住所を教えてもらったというのに、いざとなるとやはり春は躊躇してしまっていた。

希実は自分と会いたいとは思っていないに違いない。どう考えてもそうだろう。春は携帯番号も、そして自宅の住所も、一度の変更もしていなかった。

連絡をしようと思えばいつでもしてこれたはずだ。そう思うと同時に春は、希実も『そう』だったのかもしれない、という可能性に気づいた。

結局彼は引っ越していなかった。海外に留学していたという噂《うわさ》はあったが、実際はあのマンションに戻り、他の大学に通い始めた。

携帯電話には連絡を入れたことがなかったし、メールもしなかったけれど、もしかしたら彼もまた、連絡先に一つの変更もなかったのかもしれない。

希実も自分と同じように考えている可能性もある。連絡をしようと思えばいつでもできたはずなのにしてこなかったのは、拒絶されているからだ、と。

実際、自分は希実を拒絶していただろうか。改めて春はそのことを考えてみたが、わからない、という答えしか見つけられなかった。

希実は一言の挨拶《あいさつ》もなく大学を辞め、自分の前から姿を消した。その行為を春は自分に対する拒絶だと思った。

だから連絡を取らなかった。取れなかった。しかしそれは単なる『連絡をしない』ことへの言い訳のような気もしてしまっていた。

拒絶された。だから連絡を取ってはいけないのではと思った。どこまでも受け身の姿勢であり、単なる責任転嫁だとしかいいようがない。

繋がっていたいと願っていたのであれば、拒絶されようがかまわず連絡を取り続けていたはずだ。それをしなかったのは、『拒絶』を言い訳に自身の殻に閉じこもった、というだけにすぎない。

第一、本当に希実が自分を拒絶したかどうかは、本人に聞いてみないかぎりわからないことだ。今、『本人に聞く』方法ならある。

春は再び、茂木にコピーしてもらった応募用紙を眺めた。懐かしい希実の字。住所。そして携帯電話の番号。

やっぱり携帯番号も昔のままだ、と改めてそのことに気づき、春は自身のスマートフォンを取り出した。が、かける勇気はやはり出ず、はあ、と溜《た》め息《いき》を漏らすとぱさりと応募用紙を目の前のデスクへと置いた。

それにしても希実はどうして、今更この作品を賞に応募してきたのだろう。

そのことからして謎だな、と春は希実の字を見ながらぼんやりとそう考え、首を傾《かし》げた。

今、彼は大学四年だという。卒業記念に送ったというだけなのか。そういえばそもそも、この小説を書こうとした動機は、希実が言いだした『何か記念になるよう』というものだった。

自身の卒業の記念に書いたのか。なんの記念だろう。青春との決別？　それとも何か他に意図があったのか。

「わかるわけがない限りは。……よな」

本人に聞かない限りは。春の手は再び、応募用紙に伸びていた。

明日は土曜日。会社は休みだった。明日、連絡を入れてから希実のマンションを訪れてみよう。会えなかったら会えなかったでかまわない。茂木から、作家としてやっていく気はあるのか確かめてほしいと頼まれているし、そのことを聞きに行くというのを用件としよう。

『用件としよう』――自分が心の中で呟いた言葉ではあったが、思わず春は苦笑してしまった。そんな理由付けをしないと希実に会う勇気が出ないことへの自嘲《じちょう》でもあった。果たして希実と再会できるのか。できたとして二人の間に会話を持つことはできるか。

何を話したい？　何を聞きたい？

わからない。

聞きたいことがあるかと問われたら、ノーだった。だが、ではないのか、と再度問われたら、やはりその答えもノーだった。

自分にとって希実は、どういう存在だったというのだろう。

そして希実にとっての自分は、果たしてどういう存在だったのだろうか。

推察はした。が、本人の口から確かめたことはなかった。

ああ、それは聞きたいな。ようやく『わからない』以外の答えを自身の中に見出した春の頬《ほお》に笑みが浮かぶ。

苦笑でも自嘲でもない笑みを、明日も浮かべられるといい。うん、と頷く春の脳裏に、懐かしい、という言葉では表現しきれない希実の端整な顔が浮かんでいた。

翌日――。

春は結局、希実に電話をする勇気を奮い立たせることができなかった。とはいえ、希実を訪ねることまで諦《あきら》めたくなかった彼は、連絡もせずに今、希実のマンションの前まで来てしまっていた。

電話はできない。でも直接訪問することはできている。自分の心理がまったく説明できない。

インターホンを押してみて、希実が応対に出てくれたら会おう。

カメラで訪れたのが自分と希実にはわかる。それで彼が会おうとしなかったら――もしくは不在であったら、会わずに帰る。

留守なら最初から会えないだろう。馬鹿か、自分は。苦笑しつつ春はオートロックのインターホンの前に立ち、部屋番号をプッシュした。

ピンポーン。

間延びしたチャイムの音がスピーカー越しに響いてくる。

春は心のどこかで、希実が自分を拒絶するだろうと予測していた。それで案外容易に部屋番号を押すことができたのだったが、ガサガサ、という音がスピーカーから響いてきたことに驚いた。

『……はい』

あまりに聞き覚えのある声が響いてくるのを聞きながら春は、まさに呆然《ぼうぜん》自失、といった状態に陥っていた。

『……春?』

呼びかけられ、はっと我に返る。

「ご、ごめん。突然。入れてもらえるかな?」

喋《しゃべ》る声が不自然なほどに上擦っているのが自分でもわかった。

『入って』

スピーカー越しに聞く希実の声は冷静なようでもあったし、動揺しているようでもあった。

期せずして——本当に期せずして再会を果たすことになった。なんだか気持ちがついていっていない。でも、もう後戻りはできない。

なるようになれだ。そう心を決めると春は、オートロックが解除された自動ドアを入り、希実の部屋を目指したのだった。

ドアのインターホンを押すとすぐ、扉が開いた。

「……久し振り」

ドアを開けてくれた希実が、微笑《ほほえ》みかけてくる。

やはり彼の顔は強張っているな。そう思う春は、自身の笑みも相当引き攣《つ》っていると自覚しつつ、

「久し振り」

と微笑み返し、室内へと入った。

「三年ぶりくらいかな。元気だった？」

希実が振り返り、尋ねてくる。

「うん。希実は？」

問い返した春に希実は「元気だよ」と微笑み、どうぞ、とソファを勧めた。

「何を飲む？　温かいもの？　冷たいもの？　アルコールもあるよ」

まるでときが戻ったかのように、希実は春に接しようとしていた。が、彼の表情も声音も強張っているのが痛いほどに春には伝わってきた。

「……じゃ、ビールを」

自分もまた、不自然なほどに『以前どおり』を演じようとしている。すぐに破綻《はたん》するのはわかっているのに、演じずにはいられない。きっと希実も同じ気持ちなのだろうと春は思い彼を

見やった。

「ごめん、ビールの買い置きはない。シャンパンでいいかな?」

希実が申し訳なさそうな顔でそう告げる。

「ビールはないのにシャンパンがあるって、凄《すご》いな」

思わず噴き出してしまったのは緊張感によるものもあったかもしれない。緊張しているときにはちょっとしたことに笑ってしまうものである。

「ビールはあまり飲まないんだ。シャンパンはもらいものだよ」

一方、希実は緊張が解けてきているようだった。笑いながらそう言うとキッチンへと向かい、シャンパンとグラスを二つ手に戻ってきた。

「ヴーヴクリコ……」

イエローラベル。三年前、彼の誕生日にギルバートが用意していたのと同じものだ。思わず呟いた春に希実は何かを言いかけたが、結局は何も言わず、器用に栓を抜くと二つのグラスを黄金色の液体で満たした。

「はい」

「ありがとう」

グラスを手渡され、礼を言う。

「乾杯」

希実がそう言い、グラスをぶつけてきた。

「再会に？」

何に対する乾杯かと問いかけた春に希実は、またも何かを言いかけたが、結局は笑顔で頷いてみせた。

グラスを合わせ、それぞれにシャンパンを飲む。

「……で？」

春のグラスが空いたのを待ち侘《わ》びていたかのように、希実が問いかけてくる。

「……引っ越してなかったんだ」

何を喋ろうか。考えた結果春は、失われたこの三年間のときを埋めることを思いつき、逆に希実に問いかけた。

「引っ越す？」

希実が不思議そうに問い返す。

「三年前……大学を辞めたことを知ったとき、ここに来たんだよ。インターホンを押しても誰も応対に出なかったし、海外に留学したって聞いたから、てっきり引っ越したと思ってた」

自分が案外冷静に語っていることに、春は驚いていた。実際は少しも冷静ではないのに、と思いつつ希実を見る。

「……ごめん、きっとその頃はもう、海外にいた。でも留学はしていなかった。両親を訪ねてたんだ。半年くらいいたかな。帰国してから他の大学に入り直した。教養課程の単位を生かすことができたのはラッキーだったよ。おかげで一年遅れですんだ」

希実が説明し、にっこり、と春に微笑みかけてくる。

「どうして……」

屈託のない——少なくともそう見えるように装っている彼の笑みを見た瞬間、春は追及せずにはいられなくなった。

「どうして大学を辞めたの？　どうして辞めることを教えてくれなかったの？」

問いかけてから、それより知りたいことがある、と春は鞄《かばん》の中から希実の応募原稿の結果が掲載されている雑誌を取り出した。

「どうして今、これを応募してきたの？」

「……それ……は……」

希実が目を見開く。が、彼の瞳の中には、驚愕《きょうがく》よりも戸惑いの色が濃い、と春は思った。

「賭けだった。しかもその賭けには敗れたものだとばかり思っていた」

ぽつり、と希実が呟く。

「…………ごめん。意味がわからない」

首を傾げ、問いかけた春に向かい、希実が真っ直ぐに右手を伸ばしてくる。

「……会いたかった……会いたかったよ、春」

そう告げる希実の右目から、一筋の涙の滴が流れ落ちるさまを春は、映画のワンシーンを観るような思いで見つめていた。

「……会いたかった……」

「ならなぜ、連絡もなくいきなり大学を辞めたんだよ」

尚も『会いたかった』と告げる希実に春は思わずそう問いかけていた。

「……それは……」

希実が言葉を選ぶようにし、一瞬黙り込む。

だが春が問い返すと希実は、意を決した顔になり、彼の本心と思える言葉を告げた。

「『それは』？」

「絶望したから。君の心がギルにあると知って」

「…………ねえ」

その言葉を聞いた瞬間、春の中で何かが弾けた。

「……え？」

いきなり声を発した春に対し、希実が戸惑いの声を上げる。

「希実は僕が好きだったの？」

一度として、告げられたことはなかった。単に憶測していたに過ぎない。その『憶測』はギルバートにより補強されたものの、春は実際、希実から何も打ち明けられたことはなかった。

今更、それを追及することに意味はないかもしれない。でも自分の気持ち的に、解明せずにはいられない。その思いから春は希実に問いかけ、彼の答えを待った。

「好き……」

希実はそう呟いたものの、それは彼の意思というより、春の言葉をただ繰り返しているだけに思えた。

「そう。好きだったの?」

イエスと言われようが、ノーと言われようが、今更、である。自分が何を知りたがっているのか、春自身、よくわかっていなかった。

これでは単に希実を追い詰めているようではないか。ようやく我に返った春が反省し、問いを引っ込めようとしたとき、希実が口を開いた。

「ああ……好きだった。今も好きだ。君のことが」

熱く自身を見つめる希実の目の中には、春をたじろがせるほどの真摯《しんし》な光があった。

「…………」

どう答えたらいいか、わからない。逃げではないが、おそらく希実も答えは期待していないだろう。そう考え黙り込んでいた春は、これこそが『失われた三年間』なのだろうと実感を抱きながら、ただ、己をじっと見つめる希実の顔から目を逸らせずにいたのだった。

11

「僕は……春、君のことが好きだった。出会った直後から、ずっと。君だけを想い続けていた」

ぽつり、ぽつりと希実が告白を始める。聞きたいような。耳を閉ざしたいような。そんな複雑な思いを胸に春は希実の告白に耳を傾けていた。

「……でも、打ち明ける勇気はなかった。だから親友として君の傍にいることを選んだ。愛情はいつか冷める可能性があるが、友情は普遍だ。だからこそ僕は普遍を選んだというのに、君からギルバートが好きだと告げられ、立ち直れないほどのショックを受けた。自分の信念が失われたとでもいうのか……まさか、君が同性を好きになるとは思っていなかったから」

次第に熱い口調になっていた希実は、そのことに気づいたらしく、

「ああ、ごめん」

と苦笑し首を横に振った。

「今更、恨み言をぶつける気はなかった。君は何も悪くない。単に当時の僕には勇気がなかっ

たってだけだ。君を責めているように聞こえたら申し訳ない」

「……大丈夫……」

実際、責められているようには感じたが、春には希実に対し負い目があるため、何を言われようが受け止めねばと考えていた。

当時の希実が勇気を出せなかったことに――自分を好きだということに、春は気づいていた。気づいた上で敢えて気づかぬふりをしていた。卑怯《ひきょう》なことをしていたと思う。希実がこうして正直な気持ちを告白してくれているのだから、自分も彼の誠意に応えるべきではないのか。

その考えは勿論春の頭にあった。が、彼の口から漏れたのは『大丈夫』という、希実の謝罪を受けたもので、どこまでも被害者的な立場を取ろうとしている自分自身に春は今、嫌悪感を抱いていた。

「……今から思うと、随分メンタルが弱かったなと呆《あき》れる。君の顔を見たくなかった。それで僕は海外の、両親のもとに逃げたんだ。大学も辞め、他の大学を受け直した。それでいてこのマンションに住み続けたのだから笑ってしまう。両親が買ってくれたものだから、というのは大義名分の理由で、心のどこかで僕は、君が僕を訪ねようとしたときに連絡先がまったくわからないのでは訪ねようがないと、そうならないように引っ越さなかったのではないかと思う。だがきっとあの頃、君が訪ねてくれたとしても僕は君と会えなかっただろうな。君の顔を見るのがつらかったから……君を思い出すのもつらかった。普通に君のことを思い起こせるようになるには、二年以上かかった。本当に……我ながら女々しい話で恥ずかしいよ」

希実は今、何かのスイッチが入ってしまったのか、息継ぎをする間もないほどの勢いで語っていた。何かに追い立てられている、というのとも違う。何かを誤魔化そうとしているというのともまた違う。喋らずにはいられない。そんな感じだった。

ああ、そうか。会わずにいたこの三年という歳月を埋めようとしている。そういうことかもしれない。春は改めて希実の端整な顔を見やった。

三年前に比べ、より精悍《せいかん》になったような気もする。髪型のせいだろうか。少し瘦《や》せたのかも。大人っぽくなった。自分もまた、大人っぽくなっただろうか。希実に聞いてみたい。印象は変わったかと。

希実の話を聞きながら春はそんなことを考えていたのだが、あまりにじっと見つめていたためか、希実が少し困った顔になり口を閉ざしたので、見過ぎたか、と目を伏せた。

「……ダメだな」

春の耳に、希実の苦笑まじりの声が響く。

「もう、ふっきれたつもりでいたけれど、実際の君を前にするとやっぱり、胸が痛いよ」

「…………希実…………」

胸が痛い——なんて青いことを言うのだろう。

そういやまだ彼は大学生だった。社会人になったらなかなか言える言葉じゃないぞ。

揶揄《やゆ》してやったほうが、場が和むし、希実にとっても今の言葉は笑いに紛らわせ、流してやったほうがよかった。

わかっていながら春は、何も言うことができなかった。

「……それにしても驚いた」

春が黙り込んだためだろう。希実が話題を春の訪問に関することにスライドする。

「まさか君が気づくとは思わなかった。選外佳作だったから。大賞をとったのならともかく」

「大賞を狙っていたの？」

応募するからには当然、狙っていたのだろう。そう思い問いかけた春に対し、希実は、

「一応ね」

と恥ずかしそうに笑いつつ、既に空になってしまっていたシャンパングラスを手の中で弄《もてあそ》んだ。

「あ、ごめん」

気づかなくて、と春がシャンパンを注ごうとすると「自分でやるよ」と希実は笑い、言葉どおり自身の手で自分のグラスと春のグラス、両方にシャンパンを注いでくれた。

「ありがとう」

「……でもまあ、無理だとは思っていたかな」

礼を言った春の声と、話を戻した希実の声が重なる。

「だいたい書いているのが僕だからね。情緒の欠片《かけら》もない理系の僕だ」

「そんなことはない。ちゃんと情緒はあったよ。ただ、やっぱりトリックは弱かったよね。あと動機も。考えているときには少しも気づかなかったけど」

「読んだのか?」

驚く希実に春は、自分が彼が応募した賞を主催している出版社に勤務していることを教えた。

「そうなんだ」

ますます驚き、目を見開く希実に春は、編集部の人間に応募用紙を見せてもらい、応募したのが希実だとわかったので訪れたのだと、今日の来訪の経緯を説明した。

「なるほど……そういうことだったのか」

納得した、と頷いたあと希実は、酷《ひど》く申し訳なさそうな顔になり、こう切り出してきた。

「もし大賞をとったら発表するつもりだったんだよ。これは三人の合作だって」

それを聞き春は、思わず噴き出してしまった。

「別に文句を言いに来たわけじゃないよ。多分、ギルも何も言わないと思う。僕も何も言う気はないし」

「……大賞をとったら、君に連絡を取ろうとしていた。誌上で呼びかける、とかも考えた。それをきっかけにしようとしていたから、選外佳作と連絡があったときにはがっかりした。でも同時に、ほっともしていた。君との再会を先延ばしにできたことに……」

「…………」

　希実がここでグラスに口をつける。

　彼の言いたいことはわかるような気もしたし、わからないような気もした。会いたいような会いたくないような——そういうことを言いたいのだろうが、会いたくない、と少しでも思われていたのかと知らされ、春はショックを覚えていた。

　このショックの理由がよくわからないのだ。そう思いながら春もまたグラスに口をつけ、辛口のシャンパンを一口飲んだ。

「まさか君のほうから会いに来てくれるとは思わなかった……懐かしいと思ってくれたのかな？　それとも……」

　ここで希実が言葉を途切れさせたものだから、春は再び視線を彼へと向けた。

「それとも……のあとが、思いつかない」

　希実が苦笑で誤魔化そうとしているのはわかった。

「懐かしかった……うん。確かに懐かしかったんだけど、君の住所が……変わってなかったから、それに驚いたっていうか。連絡を取ろうと思えばこの三年、いつでも取れたのかと気づいたことがショックだったというか」

　言いながら春は、これでは今度は自分が希実を責めているみたいだなと思った。が、言葉は止まらなかった。

「それに、なぜ、今、君があの小説を形にしようとしたのか、そのことも気になった。理由を聞いてみたいと思った……ああ、ちょっと違うかも」

まるでこれではさっきの希実のようだ。何かに急《せ》き立てられるようにして喋っている。自分が何を言いたいのか、言おうとしているのか、まるでコントロールできていない。もしかしたら希実もこんな気持ちだったのかもしれない。なんだろう、この焦る感じは。自分で自分がわからない。戸惑いながらも春はただ、言葉を続けていった。

「三年以上、音信不通の君が今、どうなっているのかが知りたかった……のかも。それもちょっと違うかな。君に連絡をする前に、ギルにメールしたんだ。そのときギルから、君とはFacebookで繋がっていると聞いて、それにもショックを受けた。上手く言えないんだけど……それで今日、来ることにした。留守なら諦めるし、僕の顔を見て会いたくないと君が思ったとしても諦めようって。でもこうして部屋に上げてもらえて、三年ぶりに話もできて、なんていうか……嬉《うれ》しいな。うん。嬉しいよ」

言っていることはあっちにいったりこっちにいったりで少しもまとまっていなかったが、嘘《うそ》や誤魔化しは一つもない。三年前にもこうして、偽りも誤魔化しもない言葉をぶつけ合っていたら、二人の関係はまた違ったものになっていたに違いない。ふとそんな考えが春の頭に浮かび、口を閉ざした。

「……春……僕は……」

希実もまた春をじっと見つめ、思い詰めた声を出す。が、彼の唇はその後、言葉を発することはなかった。

沈黙のときが暫《しば》し流れる。

「……ああ、そうだ」

沈黙に耐えられなくなったのは春だった。次に希実が口を開いたとき、彼が何を言うのか、知るのが怖かったためである。

やはり自分は希実の『本音』からまだ逃げている。そう自覚した瞬間だった。

「この賞を担当している編集部の人に、この先書き続けていく気はあるかを確かめてほしいと頼まれたんだ。できれば続けてほしいって。どうかな。これからも推理小説を書いていく気はある?」

「うーん、正直なところ、迷ってる」

この話題は希実にとっても参加するのに迷いはなかったようで、即答といってもいいタイミングで返事がきた。

「迷ってる?」

「うん。いよいよ大学も卒業するし、記念に応募しようというのが動機だったけど、書いてるうちにやりがいを覚えたというか……次はもっといい作品を書きたいなとそう思うようになってね。今、話を考えている」

てっきり、それこそ『記念応募』だと思っていた。驚くと同時に春は、それなら、と覚えた疑問を希実にぶつけた。

「そうなんだ！」

「なら応募作もアレンジすればよかったのに。よりいい作品になったかもしれないよ」

「あれは三人の共作だから。そのままの形で出したかったんだよ」

きっぱりと希実に言い切られ、春は一瞬、言葉を失った。

「そう……なんだ」

「うん。書きながら当時のことを懐かしく思い出していた。あの頃は君とギルの会話にまったくついていけていなかったな、とかね。二人に追いつくために、君たちの話題に出たミステリーを必死で読んだ。その目的がなくなったあとも読み続けたのは、いつの間にかはまってしまってたんだろうな。今はもしかしたら、君やギル以上に読んでいるかもしれないよ」

ふふ、と悪戯《いたずら》っぽく希実が笑う。

ふっきれているな、と春はそんな希実を見てそう思った。

その頃自分を好きだったということを彼はもう、隠していない。もし当時彼が、今のようにあけすけに己の思いをぶつけてきていたら、自分はどう対処しただろう。希実を避けただろうか。受け入れただろうか。

ときは戻らないので今、そんなことを考えること自体が無駄ではあるが、つい、考えてしまう自分を春は持て余していた。

「……よかった。そしたら編集者に伝えるよ。茂木さんっていう五年目の人なんだけど、希実の作品には光るものがあるから書き続けてほしいって言ってたよ」

そろそろ退出しよう。そう思ったのも自分の心が読めずにいたためだった。

「今日、これから出社する予定なんだ。さっそく茂木さんに伝えるよ」

出社する予定などなかった。が、それが一番辞する理由としては適しているかと思ったのだった。

今でも自分は誤魔化してばかりいるな。またも自己嫌悪に陥っていた春の言葉を希実は疑う素振りを見せなかった。

「休日出勤か。大変だな、出版社って」

「要領が悪いんだ」

自虐めいたことを言ったあと、そういえば、と春は希実に問いかけた。

「希実は進路は決まってるの？　就職？　院？」

「院に行くことは一応決まってる」

「やっぱり」

なんとなく院に行くような気がした、と春は笑い、希実もまた笑った。

「読まれたな」

「読むよ。付き合い長いし」

「だよな」

希実は頷くと、さりげない調子で言葉を続けた。

「ところで春、携帯も住所も、前と変わってない？」

「え？」

ドキ。

鼓動が高鳴ったのがわかった。

「せっかく再会したからさ。また、会いたいと思って」

さらりと希実が告げる。だがその『さらり』は希実によりかなりの努力をもって作成されたものだということに、春は当然気づいていた。

「……うん、変わってないよ」

答える自分の声もまた、敢えて作った『さらり』だ。

まだお互い、心を偽っている。過去の想いは正直に告白しあったが、現在胸に抱える思いには決して触れまいとしている。

触れる勇気がないから。

それは希実が、なのか、それとも自分もなのか。

答えは出せる。が、出すことを春は躊躇《ためら》い、今はそれを自身の思考の世界から押し流すことにした。

「それじゃあ、また連絡するよ」

「僕もする」

笑顔で挨拶し、部屋を出る。見送ろうとしてくれたのか、希実も春のあとに続いた。

「じゃあまた」

「また」

再会を約束し、部屋を出る。春はドアに背を預け、溜め息を漏らしそうになった。

なんだかデジャビュだ。寄りかかりかけた瞬間、その思いが生じたが、その既視感は三年前、ギルバートから思わぬ告白を受けた日に彼の部屋を辞したときのことかと気づき、敢えてその既視感を頭の奥へと追いやった。

しっかりと足を踏みしめ、エレベーターへと向かう。

少々混乱している。が、結果としては再会できてよかったと思う。少なくとも三年前のわだかまりはなくなった。

今度はまた、いい友達に戻れる――準備は整った。

『いい友達』か。

それが一番、美しい解決策だと思うし、お互いのためにも最適な道だと思う。

でもそれじゃあ、結局三年前と同じになるのではないか。

「……わからないな」

ぽつり、とその言葉が春の口から漏れる。

自分が何を望んでいるのか。何も望んでいないのか。答えを見つけることは今の彼にはできなかった。否、したくなかった。

少し落ち着いて考えよう。春はそのまま自宅に戻ると、自室にこもった。ベッドに寝転がり、天井を見上げる。

希実は――自分の心情をさらけ出した。だが自分はすべて正直に彼に打ち明けたわけではない。打ち明けるべきだったか。いや、今更か。

そういえばギルバートは希実に対し、あの頃立てていた『作戦』について打ち明けているのか。

春がそんなことを考えてしまったのは単に、隠し事をしているのは自分だけではないという心の拠《よ》り所が欲しかったからにすぎない。自分だけではなかったにせよ、『隠し事をしていた』という事実は変わらないというのに、と呆れながらも春の手はスマートフォンを操作し、ギルバートにメールをしてしまっていた。

希実と再会したこと、彼から好きだったと告白をされたことを記したあと春はギルバートに、こんな質問の文章を送った。

『ところでギルは、僕をダシにして希実の気を引こうとしたことを、彼に謝罪した？』

送ってしまってから春は、これこそ『今更』のことじゃないかと反省し、今の言葉は忘れてくれ、と再度メールしようとした。と、そのとき春の手の中でスマートフォンが着信に震え、驚いた春はディスプレイに浮かぶ名を見やったのだが、彼の驚きはその名を見てますます増すこととなった。

「ギル？」

電話をするなんて、どのくらいぶりだろう。それこそ三年ぶりなんじゃないか。戸惑いながらも応対に出た春の耳に、懐かしいギルバートの声が響いてくる。

『やあ、春。メール読んだよ』

「ごめん。今、取り消しのメールをしようとしてた」

忘れてくれ、と告げようとした春の声に被《かぶ》せ、ギルバートの優しい声音が電話越しに響いてくる。

『取り消す必要はないよ。僕はノゾミには謝罪していない。さすがにあの頃のことには触れられないよ。でも彼から謝罪を求められたらする。あのときは悪かったって』

「……ギルはもう、吹っ切れてるんだね」

思わずその言葉が春の口から零れ落ちた。

『……春？』

ギルバートが訝《いぶか》しげな声を出す。

「……あ、ごめん。なんでもない」

何を言っているんだ、自分は。反省し、発言を取り消そうとした春に対し、ギルバートはまたもその必要はない、と笑って言葉を続けた。

『君が言いたいことはわかる。僕が冷めてるって言いたいんじゃないか？　それはある意味、正解だ。僕はノゾミに対する思いに踏ん切りをつけた。三年前にね。だからこそ、彼とFacebookで繋がることもできた。思いを残していたら自分からはアクションを起こせなかったと思う。拒絶されたときに酷くショックを受けるだろうから』

「どうやって思い切ったの？」

問いかけてから春は、あまりに無神経だったかと反省した。

「ごめん」

『いや、いいよ。ノゾミを諦めるためにまず、僕は彼との間に物理的な距離を置くことにした。すぐに帰国したのはそのためだ。次には、自分を納得させた。ノゾミは決して僕に対して恋愛感情を抱く日は来ないってことを。それでも一年くらいは諦めがつかなかった。結局は、歳月が解決してくれた……ということかな。二年目くらいからようやく、ノゾミのことを「思い出」にできるようになった。距離と時間。それだね、たぶん』

「………そう……なんだ」

同じようなことを希実も言っていた。二年を経て、ようやく自分を思い切ることができたと。

でも――。

でも、実際目の前にするとまた、思いが再燃してしまうと。

「……ギル、もし、希実が今、目の前に現れても、その気持ちには変わりはない……かな」

問いながら春は、答えはイエスだなと確信していた。だからこそ、自らFacebookで繋がろうと思ったのだろうし。

自分はまるで、何がなんでもギルバートに、希実を諦めていないと言わせたいみたいだ。それが伝わらなければいいけれど。そう思っていた春の耳に、苦笑めいた笑い声と共にギルバートの声が響いた。

『君がノゾミに何を言われたのか、だいたい想像がついたよ、春』

「……ごめん、僕は……」

春の謝罪を、ギルバートが笑って退ける。

『君を責めてるわけじゃない。僕がいつまでもノゾミを特定のイントネーションで呼んでいるから君は誤解したんだろう。でも本当にもう、完全に思い切れているんだ。人はさ、決して希望のない片想いを長年、続けていくことはできない生き物だと思う。少しでも希望を見出せる可能性があれば別だよ。でもその希望の芽を摘み取られたあとでも想い続けるのは至難の業だ。そう思わない？』

「…………それは…………」

どう、なのだろう。答えに迷った春にギルバートは、実にわかりやすい例を示してみせた。

『今更こういうことを言うのは気が引けるんだけど、君もそうだろう？　僕のことは早々に忘れることにしたんじゃないか？』

「…………」

言われた春は、確かにそのとおり、と頷いてしまったものの、そのままを本人に告げるのは躊躇われ、黙り込んだ。

『気を遣う必要はないよ。でもわかっただろう？　希望のない片想いを続けることがどれだけ困難か』

「……うん。わかった」

素直に答えた春にギルバートは『よろしい』と敢えての上から目線で返して笑わせたあと、ふと真面目な口調になった。

『でもね、実際、君が僕のことを好きだったという実感はないんだ。ああ、誤解しないでほしいんだけど、僕のことが好きだという君に酷い役割を振ってしまったことに対する罪悪感から逃れたいとか、そういう意図はまるでないよ。ただ、今振り返っても実は、疑問を覚えている。君は本当に僕のことが好きだったのかなと……嘘、と言いたいわけじゃなく、何かの勘違いだったんじゃないかと、そう思えて仕方がないんだ』

気を悪くしたのなら謝る。真摯な声でそう言われ、春は、

「別に怒ってはないよ」

と告げると、当時の自分の気持ちを語り始めた。

「君のことは好きだった……今も同じように好きかと言われたら、ノーと言う。今、感じているのは友情……かな」

『ありがとう』

礼を言ってからギルバートは『失礼ついでに言わせてもらうと』と冗談めかして話を続けた。

『僕が君に対して思わせぶりな態度を取ったことに、君は乗ったのではないかと思わないでもないんだ。もし僕がノゾミに嫉妬《しっと》させるために君の気を引こうとしていた一連の行動をしなかったら、君は僕を好きにはならなかったんじゃないかな、と、僕はそう思ってる』

「どうだろう……」

三年前の自分は今の問いかけに果たしてどう答えるだろう。

そのとおり——おそらくそう答えるだろう。その思いが通じたのか、電話の向こうではギルバートが、

『僕に気を遣う必要はないよ』

と苦笑していた。

『全面的に僕が悪いんだから。それより、君も自覚しただろう？　果たして自分の思いがどこにあるのか、を』

「……それは……」

どうだろう。口ごもった春の背を押すかのような言葉を、ギルバートが告げる。

『勿論僕は、当時の君の思いが偽ものだったと言うつもりはない。君もきっと苦悩したとも思っている。でも、今更「正解」に辿《たど》り着くのもまた、一興ではあると思うよ。決してふざけているのではなく……そうだな。自分を知る、その手助けをしたいとでもいうのかな。それこそ、君への友情の証として』

意味、わかるかな、とギルバートが春に問いかけてくる。

「わかる……多分」

頷く春の中では、ギルバートが言うところの『正解』が形を成しつつあった。

『いつでも電話してくれてかまわないよ。君の力になりたいしね』

友達として。そう告げるギルバートに対し、春はなんのわだかまりも、そして切なさも覚えることなく、素直に、

「ありがとう」

と礼を言うことができた。

それが『正解』なのだろう。清々しいといってもいいような思いを抱く春の脳裏にはそのとき、三年ぶりに再会を果たした彼の——希実の、精悍な横顔がくっきりと浮かんでいた。

12

週明けに春は茂木のもとを訪れ、希実にはこの先も執筆の意思があることを伝えた。

「そうか。早速連絡を取ってみるよ」

ありがとう、と想像していた以上に喜ばれ、春もまた喜ばしく思ったせいで、つい、

「多分、彼はペンネームを変えると思います」

と予告してしまい、結果、茂木からあれこれ詮索《せんさく》された。

『篠義』というペンネームが、自分の名とギルバートの名、そして希実の名を一文字ずつとったものだということに気づいたためだった。が、それを茂木に説明するのは少々躊躇われ、
春はただ、

「そういう予感がするだけです」

と誤魔化した。

その後、希実からは頻繁にメールが来るようになった。

茂木が連絡を取ってきたこと。彼が担当編集となり、まずは雑誌用に新作を書き下ろすこと

になったこと。ギルバートから、選外佳作になったことについてお祝いを言われたこと。彼もまた、三年前を懐かしく思っているとわかり安堵《あんど》したということ。

三年という歳月を埋めようかという勢いで、希実からの発信は続いた。それに対し春もまた、今までの時間と距離を埋めたいという気持ちで返信し、ときに相談に乗り、ときにふざけ合った。

メールは頻繁に送り合った。が、実際二人が顔を合わせることはなかった。二人して、手の届くところに互いを置くことを躊躇している。その理由を春は自覚していたし、希実もまた自覚しているだろうと思っていたため、敢えて会うのは避け、メールのみでのやり取りを続けていた。

春とギルバートの間でも、頻繁に電話やメールでのやり取りは続いていた。

希実のことが好きだという彼の希望を受け入れ、自分に気のある素振りをするギルバートと共に希実の傍で過ごす。三年前には切なくてたまらなかった日常が、今となっては酷く懐かしいものとしてとらえることができている。

あの『切なさ』は本物だった。枕を濡《ぬ》らした日も一日や二日じゃない。それでも既に自分がそこから脱していると春はしっかりと自覚していた。

どちらかが、勇気ある一歩を踏み出すことが必要だ。

このところ、春の中にあるのはその思いだった。『どちらか』ではなく『自分』がそうすべきだ。自身の中でそう折り合いをつけることがようやくできたその日、春は希実にメールした。

『今夜、部屋に行ってもいいかな？』

拒絶されたら、その瞬間に諦めようと春は思っていた。だが許容されたら、しっかり自分の気持ちは伝えよう。そう決意を固めていた春のスマートフォンに届いた希実からの返事は次のようなものだった。

『待ってる。君のためにビールを用意しておくよ』

再会した際、自分が飲みたいと言ったビールを、今度は買い置いてくれているということだろう。いつものようにくだけた感じの文面ではあったが、果たして希実はどんな顔をしてこのメールを打ったのかな、と春は想像しようとし、あまりに自分にとって都合のいい映像しか浮かんでこないことに苦笑した。

手ぶらで行くのも申し訳ないかと思ったので、自社のミステリー雑誌の最新号と共に、評判のいい新刊を持っていくことにした。ビールを用意してもらっていることがわかっていたので、お返しにとヴーヴクリコのイエローラベルを百貨店で購入し、午後八時頃、春は希実のマンションを訪れた。

「食事は？」

「してない」

「だと思った」

会うのは久し振りだったというのに、頻繁にメールで語り合っていたからか、顔を合わせてもごく自然に会話は続いた。

「これ」

「なんだ、ビールを買ったって言ったじゃないか」

「だって普段、ビールは飲まないんだろ?」

「シャンパンだって飲まないよ」

希実は噴き出したものの、春が差し出したシャンパンを受け取った。

「何を飲む?」

「ワインが多いかな」

「赤? 白?」

「白」

「なら今度はワインを持ってくる」

滑らかに進んでいた会話がここで一瞬、途切れる。

「……ありがとう。楽しみにしてる」

途切れさせたのは希実だった。彼は一瞬、何か他のことを言いかけたようだが、思い直したらしく、笑顔でそう告げると、

「一応、簡単なものを用意したよ」

と春をダイニングへと導いた。

『簡単なもの』はデリで買ってきたと思われる、サラダや総菜の類《たぐい》だった。

「……なんか……大人になったんだな」

思わず春がそう呟いてしまったのは、それらがきちんと皿に移し替えられていたためだった。大学生のときにも、春はよく希実の部屋を訪れたものだったが、そのときは二人で買ってきたコンビニの肉まんだのおでんだのを、容器から出しもしないで突ついていた。そんな光景を思い出したのである。

「皿に移し替えたくらいで、何を言ってるんだか」

希実には正しく春の思考は理解されたようで、苦笑しつつも懐かしげな表情となり春を見た。春もまた希実を見返す。

「……ビール、持ってくるから。座ってて」

希実が先に目を逸らし、キッチンへと向かっていく。

「…………」

お互い、言いたいことを言おうとして躊躇っている。その『言いたいこと』というのはきっと同じだと思う。同じであってほしい。

アルコールが入れば勇気を出すことができるだろうか。せっかく自分の中で決着をつけ、こうして今日訪ねてきたのだから、ただビールを飲み、雑談をして帰るわけにはいかない。よし、と春は密《ひそ》かに気合いを入れ、希実を待ち受けたのだった。

心を決めたものの、なかなかきっかけは摑《つか》めず、ビールを二缶飲んだあと、希実が好きだという白ワインに移行すると同時に場所もリビングのソファへと移った。

「これ」

春が雑誌と新刊を渡すと、

「どっちも持ってる」

と希実が返し、

「そうなの？」

と驚く春に希実が「茂木さんにもらった」と答える。

「仕事してるんだから、当たり前だろ」

「ああ、そうか」

互いに笑ったところで、なんとなく会話が途切れた。

今だ。

春の鼓動が速まってきたのは、酒に酔ったためではなかった。

このタイミングを逃すとまた、いつ切り出せるかわからない。今こそ言わなければ。自身を奮い立たせると春は、改めて希実を見つめ口を開いた。

「……あの、希実」

「なに？」

返す希実の顔が少し引き攣っているように見える。単に緊張しているようでもあったが、このとき春の頭に、今まで少しも浮かばなかった思考が不意に浮かんだ。

希実には今、恋人はいないのか。

いるという可能性をなぜ、自分は少しも考えなかったのか、春はそのことに驚いてしまっていた。

確かに、出会ってから疎遠になるまでの間、希実に恋人はいなかった。その間希実はずっと自分に片想いをしていたという告白もされた。

でも今は——？

唐突な別れからもう、三年という歳月が経っている。その間自分には恋人らしい相手は一人も現れなかった。が、希実もそうだったという保証はない。

彼であれば、恋人になりたいと切望する人間は男女問わずいくらでもいただろう。相手が切望せずとも、希実が新たに恋人にしたいと思う男女を見つけるという可能性もある。

ああ、だからか。今、目の前で頰を引き攣らせている希実のその顔。その顔が答えを物語っているのではないか。春が告白しようとしているのを希実は察知し、困惑しているのではないか。

確かめたくない。気力が一気に萎《な》えていくのがわかる。

なんでもない。微笑み、互いに笑えるような馬鹿話に戻るべきなのかもしれない。

それでも、と春は挫《くじ》けそうになる勇気を奮い立たせるために、はあ、と息を吐き出し、まずはそこを確かめよう、と口を開いた。

「希実は今、付き合っている人はいるの?」

「え……っ」

希実にとっては予測していない問いだったのか、酷く驚いた顔になり、高い声を上げる。

「ごめん、突然。変なこと聞いて」

その顔を見た瞬間春は、自分の心配が杞憂《きゆう》であったと確信することができた。それでつい笑顔になってしまったのだが、それがぬか喜びであることをすぐに知ることとなったのだった。

「……今は……いないよ」

希実が春から目を逸らせ、ぼそりと答える。

「『今は』……」

ということは。深読みしすぎでは、などという考えは、希望的観測としてでも抱くことができないくらいにわかりやすい言葉だった。

思わず呟いてしまった春に対し、希実が「うん」と頷く。

「……いつ……」

いたの、とつい尋ねそうになり、春は我に返って口を閉ざした。

希実にかつて恋人がいたということに動揺しすぎだ。彼と自分は別にそうした関係にはない。そんな、責めるような口調で問いかけるような立場にはいないのに。反省し、問いを引っ込めようとした春の意思に反し、希実が答え始めてしまった。

「……二ヶ月前まで、付き合っている人がいた。それまでにも『付き合う』ところまでにはいかなかったけど、二人……いや、三人、その……関係を持った相手はいた」

「…………そう…………なんだ」

相槌《あいづち》を打つ自分の声が、まるで他人のもののように聞こえる。呆然としてしまっていた春は、いつの間にか希実が自分へと視線を戻していることに、そのときまだ気づいていなかった。

「君を忘れようとした。他に好きな人を作れば、君を忘れられると思い、努力して好きになろうとした。一見、うまくいったように思えるんだ。いつも。でもすぐに破綻する。やっぱり違う、と思ってしまうから。わかってはいても、やっぱり寂しくなって、同じことを繰り返してた。最低だろ？　呆れた？」

堰《せき》を切ったように希実が喋り出す。衝撃は去っていたが、あまり聞きたい話ではない、と春は首を横に振った。

「……わからない。最低とは思わないけれど」

嘘だ。春の頭の中で、叫ぶ自身の声がする。

希実を責めたい気持ちは募っていた。が、それは彼が『寂しい』なんて理由で三人だか四人だかの相手と関係を持ったことに対してではなかった。

希実に恋人がいた。そのこと自体、許せない。恋人に至らない相手に対しても許せない思いがする。彼と関係を持った相手が――男だか女だか知らないが、彼らがこの世に存在しているということに春は耐えられないものを感じた。

「春」

『けれど』と言ったまま黙り込んだ春は、希実に腕を掴まれ、はっとしていつの間にか伏せていた顔を上げた。

「僕のことを……嫌いになった?」

希実の黒い瞳がじっと春を見つめている。

少し潤んだその瞳の煌《きら》めきに、春はなぜか泣きたい気持ちになっていた。

『嫌いになった?』

問いかけの意味がわからない。まだ僕は『好きだ』と告白していないのに。

好きなものか。他の誰かを抱いた君など、もう好きじゃない。よかった。告白する前に知ることができて。不幸中の幸いだ。傷も浅くてすんだ。

頭の中ではやかましいくらいにそんなことを呟く自身の声が響いていた。が、春の唇からはそれらの声が一つとして零れ落ちることはなかった。

唇を噛《か》みしめていないと、泣いてしまう。目の奥が熱くなり、涙がたまってきているのがわかる。

「黙っていようかとも思った……でも、卑怯な気がしたんだ。でもやっぱり、黙っていたほうがよかったのかもしれないね」

希実がそう言い、悲しげに微笑む。

「春、僕のこと、嫌いになった？」

再び同じ問いを発してきた希実に対し、春は――。

ただ、首を横に振っていた。

「……好き……？」

問いかける希実の声が震えている。

「…………」

好きか。嫌いか。許せるか。許せないか。

許せないのは――長い間、気づかなかった自分だった。

希実の気持ちにも気づかなかった。気づいたあとには困惑し、気づかぬふりをして通そうとした。

男が男に対し、恋愛感情を抱くということは、マジョリティではなくマイノリティに属する。人生において自分は常にマジョリティに属していたい。それが困惑の理由ではなかったかと思う。

そんな馬鹿げた理由で春は、希実の想いから目を背け続けていた。

ギルバートが言っていたことを、今こそ春は理解した。魅力が山のようにある彼だったが、恋をしたというのは錯覚だった。希実の気持ちを受け止める勇気がなかったために余所見《よそみ》をしたに過ぎなかった。

希実が自分を好きだと気づいた時点で、正面から彼と向き合っていたら、こんな、切ない思いを抱くことはなかったのだ。

本当に僕は馬鹿だ。大馬鹿だ。いくら後悔したとしても絶対にときは戻らない。それでも後悔せずにはいられない。

「春、僕のことが……好き？」

再度、希実が問いかけてきてくれた。

そう『きてくれた』のだ。ここで頷かなければそれこそ自分は一生後悔することになる。

わかっているのに、それでも頷けずにいた春に、希実が尚も問いかけた。

「今日は、僕に言いに来てくれたんだよね？　僕のことが好きだと……。頼むからそうだと言ってほしい。春、お願いだ」

熱い口調。熱い眼差し。紅潮した頬。潤んだ瞳。

愛されている——その実感が春の胸に押し寄せる。

そうだ。三年前も、否、出会った頃から希実はこうして自分に対し、好意を真っ直ぐに伝えようとしてくれていたのだ。

気づかなかったのは——気づいたあとに目を背けようとしたのは、すべて自分だ。

それがどうにも悔しくてたまらない。その思いが春の唇からついて出たと同時に、彼の目からは堪えていた涙が零れ落ちていた。

「僕は……君の『初めて』の相手になりたかった……」

「……ごめん、春……っ」

感極まった声を上げた希実が春を抱き締める。

「ごめん、本当にごめん……っ」

耳許で謝罪を繰り返す希実の声もまた、涙が滲《にじ》んでいた。違う。謝りたいのは僕だ。そう思いながらも口を開くと嗚咽《おえつ》が漏れそうになっていた春は、きつく唇を噛んでそれを堪えつつも、ぼろぼろと涙を零しながら、自分をきつく抱き締めてくる希実の背に両腕を回し、二度と離すものかという思いを込め、希実以上の強い力で抱き締め返したのだった。

春の涙がおさまると希実は彼を、寝室へと誘った。

控えめな誘い方だったので、断ろうと思えば断れたのだが、春に『断る』つもりはなかった。

断れば、希実が新たな相手を抱くのではないか。そう思わなかったといえば嘘になる。だがそんな、顔の見えない相手に対する対抗心が動機になったというより、ただ、彼は自分の気持ちを確かめたかった。

希実に抱かれたい。果たしてそれが本当に自分の願望なのか。抱かれないかぎり答えは出ない。だからこそ抱かれたい。

実際、答えは出ていたのだろう。それでも『抱かれた』という事実を作ろうとしている自分に対し、春はある種の違和感を覚えながらも、自身の希望のままに希実に身を任せようとしていた。

「脱がせようか？　それとも、自分で脱ぎたい？」

掠れた声で希実が問いかけてくる。

「……脱ぐ。自分で……」

希実はもう『経験済み』だと告白していたが、一方、春はまだ童貞だった。

学生時代は就職活動で忙しい、という言い訳を、社会人になってからは『仕事が忙しい』を大義名分とし、女性と付き合うことを避けてきた。

それを伝えればきっと、希実は罪悪感にかられながらも喜ぶに違いない。わかってはいたが、希実が既に経験ずみとわかった時点で春は、希実に対し、自分が男も女も未経験だということを明かすまいと心を決めていた。

それで春は、服くらい自分で脱ぐ、と告げたものの、実際脱ごうとすると緊張のあまり指先が震え、ネクタイを解《ほど》くことにも酷く手間取り、ワイシャツのボタンを外すにいたっては、普段の十倍くらいの時間を要することになってしまった。

「貸して」

くす、と希実が笑い、春にかわってワイシャツを脱がせ始める。既に希実は全裸だった。視界に入れまいと思っても、希実の雄が勃《た》ちかけている様が目に飛び込んでくる。

「……春……綺麗《きれい》だよ」

希実は春の身体からあっという間に衣服を——下着をも剝《は》ぎ取ると、全裸にした彼を前に感動しきった声を上げ、頷いてみせた。

「……電気、消そうか」

気づけばまだ、煌々《こうこう》と明かりが灯ったままだった。恥ずかしい、と思った春は、暗に電気を消してほしいと頼んだのだが、希実は彼の希望を聞き入れることなく首を横に振った。

「君を見ていたいから……」

「でも……」

反論しようとした春の両肩に手を置き、希実が顔を近づけてくる。

「……キスして……いいよね？」

問いの形はとっていた。が、答えを求めてのものではなかった。それを証拠に希実は春が答えるより前に唇を塞いできた。

キスを交わしながらゆっくりと、二人して座っていたベッドに倒れ込んでいく。

希実とキスをしている。春にとっては信じがたい状況だった。三年前、自分が寝ているときに彼の唇を額に感じたという経験はあった。あのときの唇は触れるか触れないかといった優しげなものだったが、今、春の唇を塞いでいる希実の唇は実に能動的だった。

唇自体に意思があるかのように、活発に蠢《うごめ》いている。

キスしている。希実と。そう思うだけで酷く興奮している自分を春は抑えることができずにいた。

やがて希実の唇が唇を外れ、首筋から胸へと向かっていく。

「や……っ」

乳首を口に含まれたとき、春の口から思いもかけない高い声が漏れ、彼を動揺させた。

男の胸に性感帯があるなんて、春は考えたこともなかった。が、今、右の乳首を強く吸われながら左を指先でこねくり回される感触に対し、自身が覚えているのは『快感』としかいえない感覚であるということを、自覚せざるを得なかった。

「や……っ……あっ……あぁ……っ……」

堪えようとしても、両方の胸を攻められるうちに、唇からはあられもない声が漏れてしまう。

快楽を享受していることを物語っているのは声だけではなかった。快感を覚え腰を捩《よじ》る、そんな彼の下肢にもはっきりと現れてしまっていた。春の雄は希実のそれ同様、しっかり形を成してきてしまっていたのだった。

胸を舐《ねぶ》っていた唇が腹を滑り、やがて春の下肢へと辿り着く。

まさか――ある意味予測というか、予感というか、否、望んでいたという表現がぴったり来る行為を、希実がし始めた。

春の両脚を開かせた状態でしっかりとホールドしたあと、勃起《ぼっき》していた雄を口へと含んできたのである。

「やぁ……っ」

童貞の春には当然ながら、フェラチオをされた経験などあるわけがない。熱い口内を感じた途端、春はいきそうになり、大きく背を仰《の》け反《ぞ》らせた。

「…………」

気持ち、いい？　目を下ろした先、希実が自身の雄を咥《くわ》えながら嬉しげに笑う顔が視界に飛び込んできた。

「やめ……っ」

途端に羞恥が募り、春は首を横に振ったのだが、我ながら演技くさいと落ち込んでしまった。やめてほしくない。続けてほしい。心も、身体もそう願っているのは高鳴る鼓動からも、口の中でいちだんと硬さと熱を増した己の雄からも、希実には感じ取られてしまうだろう。

堪えていないとすぐにも射精してしまいそうで、春は腰を引き、喘《あえ》ぎが漏れる唇を噛んだ。が、希実はそんな春の我慢を突き崩そうとするかのように、竿《さお》を繊細な指で扱き上げると同時に先端の最も敏感なくびれた部分を舐り回す。

「あぁっ」

噛みしめていた春の唇が解け、高い声を上げたと同時に彼は達し、希実の口の中に白濁した液を放ってしまった。

「……っ」

直後に、ごくんと喉《のど》を鳴らす音が下半身から響いてきたのに、はあはあと息を乱していた春は、はっとし、視線を音のほうへと向けた。

「……飲んだ……の？」

萎えた雄を口から出し、愛しげに再び先端に唇を寄せようとしていた希実に思わず問いかける。

「美味しかったよ」

希実が目を上げにっこり笑ってそう告げたのを聞き、春の頭にカッと血が上った。

「嘘だ」

美味しいわけがない。気を遣っているだけだろうと言おうとした春が息を飲む。チュ、と希実が自身の先端に軽くキスしたことで、達したばかりの雄が、どくん、と脈打ったからだったのだが、それを感じたのか希実が笑顔になりまた顔を見上げてきたことで、恥ずかしいやら堪らないやらの気持ちがごっちゃになり、わけがわからなくなった。

「可愛いな、春」

希実ははっきりと浮かれていた。明るくそう言い、またも、チュ、と春の雄にキスをする。

「……僕も……」

やってもらっているばかりでは悪いのではないか。自分にできる気はしないものの、同じように希実を気持ちよくさせる行為をしたほうがいいのでは。

いいのでは、というよりは自分がそうしたい。そう願い春は身体を起こそうとした。

「春？」

「僕も、その……君のを……」

上半身を起こした春の上で、希実もまた上体を起こす。彼の雄は既に勃ちきっており、先端には先走りの液が滲んでそれが天井の明かりを受けて光っていた。

あれを咥えるのか。ごくり、と春の喉が鳴る。

口に入りきるかなという不安はあったが、嫌悪感はなかった。フェラチオの経験はないと思っていたが、そういえば昔一度だけ、ギルバートの雄を咥えたことがある、と、そのときようやく春は思い出した。

だから希実の『美味しい』という言葉に違和感を覚えたのだ。ギルバートの雄を咥えたときに感じた青臭い匂いと舌を刺す痛みはとても『美味しい』といえるものではなかった。ただつらかった。そんな記憶がぼんやり残っている。が、希実の雄を咥えることに臆するほどではなかった。

きっと希実のならつらくない。美味しいとはやっぱり感じられないかもしれないけれど。そう思いながら春はじっと希実の雄を見つめ、手を伸ばしそれに触れようとした。

「ねえ、春」

その手を握りながら希実が春の名を呼ぶ。

「……なに？」

やらなくていい。そう言うのだろうかと春は推察し、目線を希実の顔へと向けた。もしそう言われたとしてもやらせてもらおう。心を決めていたというのに、少し思い詰めたような顔で希実が告げた言葉は、春のその予想を裏切るものだった。

「触らなくていいし、咥えなくてもいい。そのかわりに、その……」

ここで希実は一瞬、言葉を探すようにして黙ったが、すぐに思い切った表情となり言葉を続けた。

「君を抱きたい……抱かせてもらえないかな？」

「……抱く……って……」

童貞の春には勿論、男を抱いた経験も抱かれた経験もない。だが知識としては『知って』いたし、自分がそうされる側であることもある程度覚悟していた。

　だがいざそのときが来ると、やはり躊躇いを感じた。それで即答できずにいたが、希実の必死ともいえる形相を見ているうちに、気持ちは固まった。

「…………わかった」

　頷き、どうすればいいのかと希実の目を見る。

「……春……ありがとう」

　希実が感激しているのは、その表情からも、目の輝きからもわかった。感極まった、という表現が春の頭に浮かぶ。嬉しすぎて泣きそうになっている、と思うと、なんだかくすぐったい気持ちがした。

　春の頬にも笑みが浮かびかけたが、次に希実が告げた言葉を聞き、いよいよか、という緊張から笑みは強張ったものとなった。

「……うつ伏せになってもらえる？　最初は見えないほうが怖くないと思うから」

「う……うん」

　怖い――やっぱり怖いよな。未知の経験なのだし。頷き、言われたとおりにうつ伏せになる。動作がやたらとぎくしゃくしてしまったが、まだ春の中では『怖い』という感情は芽生えていなかった。

「腰、上げて。手はつかなくてもいいよ。枕、抱いてるといいかも」

そう言いながら希実が何やらベッドの下を探っている。何をしているのかと肩越しに振り返った春の目に、ローションの瓶とコンドームのシートを手にしている希実の姿が飛び込んできた。

「…………」

視線をベッドの下へと戻し、床の上に置いてある小さな籠《かご》にコンドームの箱が入っているのを見つける。

常備しているのか。察した春の胸がズキリと痛んだ。今更のように希実の告白を思い出す。自分を忘れようとして、三人だか四人だかの人間と関係を持った。このベッドの上で抱いたことも、当然あったのだろう。あったからこそ、『常備』しているわけで。

「……ごめん、春。用意周到で」

背後で希実が詫《わ》びている。気にしていない。首を横に振ろうとしたが、『気にして』はいるか、と思わず溜め息を漏らしそうになった。それを堪えた春の耳に、希実の恥ずかしそうな声が響く。

「今日、君が来ると連絡をくれたとき、すぐに買いに行った。そうした展開になるといいという希望を持って……そんな幸運、訪れる可能性はかなり低いと思っていたけど、あるんだね」

本当に嬉しいよ、と言う希実の声に誘われ再び彼を振り返った春は、言葉どおり嬉しそうに微笑む彼の顔を見て、已の胸の中にあったわだかまりが急速に失せていくのを感じた。

誰かのために用意していたものではなく自分との行為を夢見て買った新品だった。だからといって過去の『誰か』の存在は消えるわけではないが、充分、気持ちは上向いた。

「力を抜いていてね」

希実がローションを自身の手に垂らす。薄いピンク色の液体がたらたらと瓶から落ちていく様を見ているうちに、なんだかいたたまれない気持ちが募り、春は再び前を向き枕に顔を埋めた。

「……ん……っ」

つぷ。

濡れた指が春の中に入ってくる。経験のない感覚に、『力を抜いて』と言われてはいたが、どうしても春の身体は強張ってきてしまった。

「もう少し、濡らそうか」

希実がそう言った直後、たらり、と後ろにローションが垂らされる。その冷たさに更に希実の身体は強張ったものの、潤滑油的な役割を果たすその液体のおかげでするりと奥まで挿入された指がゆっくりと中で蠢き始めると、次第に身体が解《ほぐ》れていった。

不思議な感覚だった。気持ちがいいような悪いような。何かの場所を確かめるように指が蠢き中を探っているうちに、春のそこはじんわりと熱を持ち始めた。

「前も、触ってあげる」

身体の強張りが解けてきた頃、はあ、とそれまで詰めていた息を漏らすと、希実が春の背に身体を預けるようにして耳許に囁《ささや》き、もう片方の手を前へと回してきた。

「んん……っ」

ローションに濡れた指が、春の雄を握る。ぬちゃ、という淫《みだ》らな音が前からも後ろからも響いてくることに、雄を、後ろを間断なく弄《いじ》られるその感触に、欲情が急速に高まってくるのを春は驚きと共に感じていた。

自然と腰が揺れてしまう。恥ずかしい。まるでAVに出てくる女の子みたいだ。その思考がまたも春の欲情を煽《あお》り、次第に声を我慢できなくなってきた。

「や……っ……ん……っ……あ……っ……」

声も女の子みたいだ、と恥ずかしく思うも、我慢できずにだんだんとトーンが高くなる。

「……春……可愛い……」

希実が背後から、耳朶《じだ》を噛むようにして囁いてくる、その声と熱い息の感触に、背筋をぞくぞくとした何かが走り、その手の中で春の雄はますます硬さを増していった。

「ん……っ……もう……っ」

いきそう。春が希実に訴えようとする。と、そのときふっと背中が軽くなったと同時に、前後から希実の手が退いていき、喪失感を覚えて春は思わず背後を振り返ってしまった。

「……痛かったら言ってね？」

希実が少し緊張した面持ちでそう告げ、春の腰を掴む。

「……あ……」

いつの間にか彼がコンドームを装着していることに春は気づいた。あれが入ってくるのか。入るのだろうか。あんな太いものが。思わず凝視しそうになり、慌てて目を逸らせる。

「いくよ」

枕に顔を埋めた春に希実は優しく声をかけると、両手で押し広げるようにしたそこにゆっくりと自身の雄を埋めてきた。

「……う……」

痛みはない。が、物凄い違和感はあった。太い楔《くさび》を身体の奥に打ち込まれているような、そんな感じだ。低く呻《うめ》いた春に、希実が心配そうに問いかける。

「つらい？　大丈夫？」

「……だい……じょうぶ」

苦痛はなかった。が、先ほどまで覚えていた快感もない。それでも春は自分の心が何か、温かなもので満たされていると感じずにはいられなかった。

希実と繋がっている。希実が自分の中にいる。彼は気持ちいいんだろうか。彼もまた苦痛を覚えているという可能性もあるか。

「だいじょう……ぶ？」

そう気づいた春は、肩越しに希実を振り返り問いかけたのだが、それを聞き希実が少しきょとんとした顔になった。

「僕が？」

「……うん」

的外れな問いだったようだ。意外そうなリアクションを見て春は恥ずかしくなり、なんでもない、とまた前を向いた。

「春……心配してくれたんだ」

希実が嬉しそうに言いながら、ゆっくりと腰を進めてくる。

やがてぴたりと二人の下肢が重なったとき、春は達成感を覚えたが、希実もまたそうだったようで、二人してほぼ同時に、はあ、と深く息を吐き出してしまった。

「……入った。全部」

希実がそう言い、春の身体をぎゅっと抱き締めてくる。

「……繋がったね。ようやく」

『ようやく』――挿入に時間がかかった、という意味もあったが、それ以上に春が覚えていたのは、出会ってからの長い歳月、遠回りをしてようやく想いを通じ合わせることができた、という感慨だった。

大方の原因は自分にあった。もしも希実の想いに気づいたときに、ちゃんと彼と向き合うことができていれば、確実に二人の関係は変わっていたと思う。

ごめん——心の中で呟く春の声が聞こえたかのようなタイミングで、希実が春の耳許に囁いてくる。

「……もう絶対、離さない。離さないよ、春」

「……希実……っ」

僕も、と自身の身体を抱き締める希実の手を上から握る春の声は、涙に震えそうになっていた。

「動いても大丈夫？」

その手を逆に握り返したあと、希実が少し身体を起こし、春に問いかけてくる。

「……うん……？」

よく意味がわからない。だが、したいというのならと頷いた春に希実は頷き返すと、ゆっくりと春を突き上げ始めた。

「ん……っ」

腰の律動が穏やかな動きからやがてスピードが、そして勢いが増していく。希実の逞《たくま》しい雄が抜き差しされるたびに内壁が摩擦熱で焼かれ、その熱が全身へと広がっていく頃には、彼の身体は今まで体感したことのなかった快感に燃えていた。

「あっ……あぁ……っ……あっ……あっ……」

激しく後ろを突かれながら、いつの間にか回されていた希実の手で前を扱き上げられる。春の鼓動はすっかり高鳴り、全身に火傷《やけど》しそうなほどの熱が回っていた。脳まで沸騰するくらいに熱し、思考力がほとんどゼロになる。

聞こえるのはただ、希実の抑えた息づかいと、互いの下肢がぶつかり合うときに立てられる空気を孕《はら》んだ高い音、それに淫らな己の喘ぎ声だけだった。

「もう……っ……あぁ……っ……もう……っ……もう……っ」

我慢、できない。背を仰け反らせ、高く喘いだその瞬間、春は達し、希実の手の中にこれでもかというほど精を飛ばしてしまった。

「……く……っ」

射精を受け、春の後ろがきゅっと締まる。その刺激で希実もまた達したらしく、低く声を漏らしたあと、ゆっくりと春の背に身体を預けてきた。

「……春……」

名を呼ばれ、振り返ったところに希実の潤んだ瞳があった。

「キス、しよう」

「ん……」

わかった。頷き、目を閉じる。

無理な体勢だったからか、ずる、と後ろから希実の雄が抜けた。それが合図となったわけで

はないが、春は希実の首に両腕を回し仰向《あおむ》けになると、ぎゅっと彼を抱き締めながら、互いに貪《むさぼ》り尽くす勢いで唇を重ねていった。

舌と舌をきつく絡め合う濃厚なキスは、達したばかりでまだ呼吸の整っていない春にとっては、ときに息苦しさをも感じさせた。が、その苦しさすら愛しい、と春は希実をきつく抱き締め、尚も唇を重ね続けた。

「……………春………」

ようやく希実が春の唇を解放し、掠れた声で名を呼ぶ。その頃には二人の身体には熱が戻り、どちらの雄も形を成してきつつあった。

もう一回、やろう。春が希実を見上げたそのとき、希実の瞳が酷く潤んだかと思うと、一筋の涙が彼の頬を伝って流れ落ちた。

何を泣いているのか。春が驚き、希実の泣き顔を見上げる。

「……もう僕は……この瞬間に命を落としてもかまわない……」

春を真っ直ぐに見つめ、そう呟いた希実の瞳からまた、一筋の涙が零れ落ちた。

泣くほどの嬉しさを覚えている希実を前にし、春の胸も熱く滾《たぎ》った。

「……君に泣かれたら、もう、僕は泣けないじゃないか」

希実が自身の涙に羞恥を覚えている様子はない。が、春は彼の前で泣くのは恥ずかしいと思い、わざとそんな悪態をつき、敢えて笑ってみせた。

「それに、今死なれても困る。全部、これからなのに」

「……そうだよね。確かにそうだ。これから何もかもが始まるのにね」

ようやく希実の顔にも笑みが戻り、ゆっくりと身体を落とし、春と額を合わせてくる。

「……この幸せがこの先も続くと思うと夢のようだ……愛してる、春」

囁かれ、今度こそ春は涙が堪えられなくなり、希実の背を抱き締め、頷いた。

「僕も……」

愛している。告げると同時に目尻を涙が伝っていく。

「泣かないで」

優しくそう言い、唇で涙を吸い取ってくれようとする希実の頬にも涙が伝っている。大の男が、泣きながら抱き合っているなんてみっともないとは思う。だが高校二年のときに出会って、今にいたるまでの六年という歳月を乗り越え、こうして抱き合うことができたというのは、泣くに相応しい奇跡だ。

奇跡的に結ばれた喜びに噎《むせ》びながら春は、きっと希実も同じように感じてくれているに違いないという確信を胸に彼の背を抱き締める。

「愛してる」

やはり同じ想いだと確信できる愛の告白をこの上なく幸せそうな笑顔で口にする希実に対し、春もまた、これ以上ない喜びを感じていることを表す笑顔になると、

「愛してる」

と同じ言葉を告げ、もう二度と離れまいという祈りを込めて固く抱き合ったのだった。


その後、希実の作品はいくつか雑誌に載ったあと、世間や編集部内での評判もよかったために、単行本を書き下ろすことになった。

一応大学院には未だに通っているものの、創作活動に本腰を入れたいので作家一本に絞ろうかと迷っている、という相談を希実から受けた春は、

「色々経験は積んだほうがいいんじゃないかと僕は思うけど、希実の人生だし、希実のやりたいようにすればいいと思うよ」

と少し突き放したような意見を述べ、希実から「冷たい」と責められた。

「冷たい？　どこが？　自分の人生は自分で決めるのが正しいだろ？」

「共に人生を歩んでいく相手が、その人生について悩んでるんだよ。もっと親身になってくれてもいいだろうに」

かつて、希実はこんな泣き言めいたことを、春に告げることはなかった。常に春のいいように、春の希望はすべてかなえたい。春の好むような自分でいたいと彼なりに考え、そんな『友

人像』を彼は演じていたそうである。

実際はこんなに面倒くさい、そして泣き虫の男だったのかと可笑《おか》しく思いながらも春は、自分にとってはずっとそんな『面倒くさい』男のほうが好ましい、と希実を見やる。

「なに」

「愛してるよ。希実」

不満げな表情になっていた希実も、春のその言葉にはぱっと笑顔になった。

「僕もさ」

そうして嬉しげに笑いながら春を抱き締めてきて、こんな単純な部分もまた好きなんだよなという自覚を、春にもたらしたのだった。

あとがき

はじめまして&こんにちは。愁堂《しゅうどう》れなです。

この度は三十三冊目のキャラ文庫となりました『あの頃、僕らは三人でいた』をお手に取ってくださり、どうもありがとうございます。

今回は私にしてはちょっと珍しく、事件も何も起こらない、いわゆるセンシティブな心情をメインとした作品となっているかと思うのですが、お楽しみいただけましたでしょうか。

普段以上に頑張って、そしてとても楽しみながら書かせていただきましたので、皆様にも少しでも楽しんでいただけましたら、これほど嬉しいことはありません。

イラストをご担当くださいましたｙｏｃｏ先生、素晴らしい三人の世界を本当にどうもありがとうございました！

キャララフをいただいたときにまず感動し、続いてカラーラフで更なる感動を覚えました。なんという世界観の素晴らしさ！　担当様と二人して感激しまくっていました。先生に描いていただけて本当に嬉しかったです。

お忙しい中、素敵なイラストを本当にどうもありがとうございました。

また、今回もタイトルを考えていただいてしまった（すみません・汗）以外にも大変お世話になりました担当様をはじめ、本書発行に携わってくださいましたすべての皆様に、この場をお借り致しまして心より御礼申し上げます。

何より、本書をお手に取ってくださいました皆様に、御礼申し上げます。

私はどうも、「親友がずっと好きでそれを隠している」というパターンが大好きなようで（今更ですが・笑）、今回もそんなお話になりました。

しかも本作はそれがダブルで、と、大好きの二乗です（笑）。

実際、ずっと好きだったという思いが結局は通じるほうが好きなのか、それとも隠し続けるパターンのほうが好きなのかとなると、どちらかというと後者かなとは思うのですが、それだと話が始まらないので（笑）今回もこのような展開となりました。

書いていて本当に楽しかった……というか、とても盛り上がりました。途中で違う結末も考えたのですが（どんな結末だったかはご想像にお任せします）、本当に本作では、普段とはまったく違う脳の部分を使ったように思います。

それだけに皆様の反応はいつも以上に気になってしまっていますので、よろしかったらどうぞご感想をお聞かせくださいね。

首を長くしてお待ちしています。

次のキャラ文庫様でのお仕事は、年内に文庫を発行していただける予定です。どんな作品にしようかこれから楽しく考えたいと思います。

また、キャラ文庫様の既刊を電子書籍でも販売していただいているのですが、当時のフェア等に書き下ろしたショートがついている作品もありますので、よろしかったらどうぞチェックしてみてくださいね。

おまけショートがついているのは『コードネームは花嫁』（イラスト：みずかねりょう先生）、『捜査一課のから騒ぎ』（イラスト：相葉キョウコ先生）、『伯爵は服従を強いる』（イラスト：羽田実先生）の三作品です。

詳細はキャラ様のホームページをご覧くださいませ。

(http://www.chara-info.net/webcomic/index.html)

また、皆様にお目にかかれますことを、切にお祈りしています。

平成二十七年二月吉日

愁堂れな

（公式サイト『シャインズ』http://www.r-shuhdoh.com/）

この本を読んでのご意見、ご感想を編集部までお寄せください。
《あて先》〒105-8055　東京都港区芝大門2-2-1　徳間書店　キャラ編集部気付
「あの頃、僕らは三人でいた」係

■初出一覧
あの頃、僕らは三人でいた……書き下ろし

2015年3月31日　初刷

著者　愁堂れな
発行者　川田　修
発行所　株式会社徳間書店
〒105-8055　東京都港区芝大門2-2-1
電話　048-451-5960（販売部）
　　　03-5403-4348（編集部）
振替　00140-0-44392

あの頃、僕らは三人でいた……【キャラ文庫】

印刷・製本　図書印刷株式会社
カバー・口絵　近代美術株式会社
デザイン　百足屋ユウコ（ムシカゴグラフィクス）

ISBN978-4-19-900788-0

愁堂れなの本

好評発売中

「ハニートラップ」

イラスト✦麻々原絵里依

体液を吸収すると、その人物の過去が見える精神感応者《テレパス》――。警視庁捜査一課特殊捜査係に所属する井上路加《いのうえるか》。彼の任務は容疑者を誘惑し、特殊能力を使って心を読むこと!! そんなある日、井上のボディガードに抜擢された一美《ひとみ》。捜査内容を明かせないせいで同僚の反感を買う井上を歯痒く思うけれど、井上は意に介さない。犯罪者に身体を投げ出す姿に、一美は次第に苛立ちと憤りを感じ始めて…!?

愁堂れなの本

「好きでもない人間の血など
頼まれたって飲みたくないね」

好評発売中

「吸血鬼はあいにくの不在」

イラスト✦雪路凹子

「どんな依頼でも受けよう。報酬は君の甘美なる血だ」。警視庁の若手刑事・栗栖《くりす》は、とある事件の捜査で探偵事務所を訪れる。出迎えたのは、漆黒の長い髪に赤い唇の美しい探偵・ヴィットリオ。なりゆきで共に軽井沢の資産家・一ツ木《ひとつぎ》家に赴くことになるけれど、そこで子息たちが次々に惨殺!! 首筋には謎の噛み痕が…! なぜか夜しか姿を見せず、魅惑的な微笑を浮かべる探偵を疑う栗栖だけど!?

愁堂れなの本

好評発売中

「猫耳探偵と助手」

イラスト✦笠井あゆみ

理不尽な理由で会社を解雇された環《たまき》。茫然自失で訪ねた探偵事務所で出会ったのは、美貌の探偵・羽越《はねこし》！　なぜか猫耳カチューシャを頭につけた羽越は、一目見るなり「君は今日から僕の助手だ!」と高らかに宣言！　いきなり事件現場を連れ回される羽目に。そんな折、環のアパートが放火で炎上!!　おまけに元上司が遺体で発見されて…!?　猫耳の道化役は仮の姿!?　変人探偵と新米助手の事件帖♥

愁堂れなの本

好評発売中

「猫耳探偵と恋人」

猫耳探偵と助手2

イラスト✦笠井あゆみ

猫耳探偵と
恋人
愁堂れな
イラスト 笠井あゆみ
Rena Shuhdoh Presents
君との時間を邪魔する奴は
さっさと捕まえることにしよう。
キャラ文庫

猫耳カチューシャを頭につけ、高級スーツを着こなす美貌の変人探偵──そんな羽越《はねこし》の恋人兼助手になって三ヶ月。無茶な要求に振り回されつつも、同棲生活は順調そのもの♥　そんな中、新たな事件が発生！　なんと羽越の元同期・等々力《とどろき》刑事が、殺人容疑で逮捕されたのだ‼　親友の無実を信じ、真相解明にのめり込む羽越。けれど環《たまき》は、親友同士の強い絆に嫉妬の気持ちが止められなくて…？

キャラ文庫既刊

英田サキ

[DEADLOCK]
[DEADHEAT DEADLOCK2]
[DEADSHOT DEADLOCK3]
[SIMPLEX DEADLOCK外伝] ill：高階 佑
[恋ひめやも] ill：小山田あみ
[ダブル・バインド] 全4巻
[アウトフェイス ダブル・バインド外伝] ill：葛西リカコ
[欺かれた男] ill：乃一ミクロ

秋月こお

[王朝春宵ロマンセ] シリーズ全4巻 ill：唯月 一
[王朝ロマンセ外伝] シリーズ全3巻 ill：唯月 一
[幸村殿、艶にて候] 全7巻 ill：九號
[スサの神謡] ill：稲荷家房之介
[公爵様の羊飼い] 全3巻 ill：円屋榎英

洸

[ろくでなし刑事のセラピスト] ill：新藤まゆり
[捜査官は恐竜と眠る] ill：有馬かつみ
[サバイバルな同棲] ill：和鐵屋匠
[常夏の島と英国紳士] ill：みずかねりょう
[灼熱のカウントダウン] ill：小山田あみ
[闇を飛び越えろ] ill：長門サイチ

いおかいつき

[隣人たちの食卓] ill：みずかねりょう
[探偵見習い、はじめました] ill：小山田あみ
[これでも、脅迫されてます] ill：兼守美行

池戸裕子

[鬼神の囁きに誘われて] ill：黒沢 椎
[人形は恋に堕ちました。] ill：新藤まゆり

犬飼のの

[暴君竜を飼いならせ] ill：笠井あゆみ

烏城あきら

[檻—おり—] ill：今 市子

榎田尤利

[歯科医の憂鬱] ill：高久尚子
[ギャルソンの躾け方] ill：宮本佳野
[アパルトマンの王子] ill：緋色れーいち
[理髪師の、些か変わったお気に入り] ill：二宮悦巳

音理 雄

[先生、お味はいかが?] ill：三池ろむこ
[犬、ときどき人間] ill：高久尚子
[親友に向かない男] ill：新藤まゆり

鹿住 槇

[ヤバイ気持ち] ill：穂波ゆきね

華藤えれな

[フィルム・ノワールの恋に似て] ill：小椋ムク
[黒衣の皇子に囚われて] ill：Ciel
[義弟の渇望] ill：サマミヤアカザ

可南さらさ

[左隣にいるひと] ill：木下けい子
[先輩とは呼べないけれど] ill：穂波ゆきね

神奈木智

[その指だけが知っている] シリーズ全5巻 ill：小田切ほたる
[ダイヤモンドの条件] シリーズ全3巻 ill：須賀邦彦
[御所泉家の優雅なたしなみ] ill：円屋榎英
[若きチェリストの憂鬱] ill：二宮悦巳
[オーナーシェフの内緒の道楽] ill：新藤まゆり
[愛も恋も友情も。] ill：香坂あきほ
[月下の龍に誓え]
[烈火の龍に誓え 月下の龍に誓え2] ill：円屋榎英
[マル暴の恋人] ill：水名瀬雅良
[恋人がなぜか多すぎる] ill：高星麻子
[マエストロの育て方] ill：夏珂
[守護者がめざめる逢魔が時]
[守護者がささやく黄泉の刻 守護者がめざめる逢魔が時2]
[守護者がつむぐ輪廻の鎖 守護者がめざめる逢魔が時3] ill：みずかねりょう

楠田雅紀

[史上最悪な上司] ill：山本小鉄子
[俺サマ吸血鬼と同居中] ill：Ciel
[やりすぎです、委員長!] ill：夏乃あゆみ

剛しいら

[顔のない男] シリーズ全3巻 ill：北畠あけ乃
[狂犬] ill：有馬かつみ
[盗っ人と恋の花道] ill：葛西リカコ
[仇なれども] ill：今 市子
[天使は罪とたわむれる] ill：宮本佳野
[ブロンズ像の恋人] ill：兼守美行

ごとうしのぶ

[熱情] ill：高久尚子

榊 花月

[恋愛私小説] ill：小椋ムク
[地味カレ] ill：新藤まゆり
[待ち合わせは古書店で] ill：木下けい子
[不機嫌なモップ王子] ill：夏乃あゆみ
[僕が愛した逃亡者] ill：葛西リカコ
[天使でメイド] ill：夏河シオリ
[見た目は野獣] ill：和鐵屋匠
[綺麗なお兄さんは好きですか?] ill：ミナヅキアキラ
[オレの愛を舐めんなよ] ill：夏珂
[気に食わない友人] ill：新藤まゆり

キャラ文庫既刊

[七歳年下の先輩] ill:高緒 拾
[暴君×反抗期] ill:沖銀ジョウ
[どうしても勝てない男] ill:新藤まゆり

桜木知沙子

[となりの王子様] ill:夢花 李
[金の鎖が支配する] ill:清瀬のどか
[プライベート・レッスン] ill:高星麻子
[ひそやかに恋は] ill:山田ユギ
[ふたりベッド] ill:梅沢はな
[真夜中の学生寮で] ill:高星麻子
[兄弟にはなれない] ill:山本小鉄子
[教え子のち、恋人] ill:高久尚子

佐々木禎子

[治外法権な彼氏] ill:有馬かつみ
[アロハシャツで診察を] ill:高久尚子
[仙川准教授の偏愛] ill:新藤まゆり
[妖狐な弟] ill:佳門サエコ

秀 香穂里

[くちびるに銀の弾丸] シリーズ全2巻 ill:祭河ななを
[チェックインで幕はあがる] ill:高久尚子
[虜―とりこ―] ill:山田ユギ
[誓約のうつり香] ill:海老原由里
[禁忌に溺れて] ill:亜樹良のりかず
[烈火の契り] ill:彩
[他人同士] 全3巻 ill:新藤まゆり
[大人同士]
[恋人同士] 大人同士2 ill:新藤まゆり
[堕ちゆく者の記録] ill:高階 佑
[桜の下の欲情] ill:汞りょう
[隣人には秘密がある] ill:山田ユギ
[なぜ彼らは恋をしたか] ill:梨とりこ

[闇を抱いて眠れ] ill:小山田あみ
[恋に堕ちた翻訳家] ill:佐々木久美子
[盤上の標的] ill:有馬かつみ
[年下の高校教師] ill:三池ろむこ
[閉じ込める男] ill:葛西リカコ
[ブラックボックス] ill:金ひかる
[双子の秘蜜] ill:高久尚子
[仮面の秘密] ill:小山田あみ

愁堂れな

[身勝手な狩人] ill:蓮川 愛
[愛人契約] ill:水名瀬雅良
[コードネームは花嫁] ill:汞りょう
[行儀のいい同居人] ill:小山田あみ
[激情] ill:羽根田実
[二時間だけの密室] ill:高久尚子
[月ノ瀬探偵の華麗なる敗北] ill:亜樹良のりかず
[法医学者と刑事の相性]
[法医学者と刑事の本音] 法医学者と刑事の相性2 ill:高階 佑
[嵐の夜、別荘で] ill:二宮悦巳
[入院患者は眠らない] ill:新藤まゆり
[極道の手なずけ方] ill:和鐵屋匠
[捜査一課のから騒ぎ]
[捜査一課の色恋沙汰] 捜査一課のから騒ぎ2 ill:相葉キョウコ
[仮面執事の誘惑] ill:香坂あきほ
[家政夫はヤクザ] ill:みずかねりょう
[猫耳探偵と助手]
[猫耳探偵と恋人] 猫耳探偵と助手2 ill:笠井あゆみ
[孤独な犬たち] ill:葛西リカコ
[月夜の晩には気をつけろ] ill:兼守美行

[吸血鬼はあいにくの不在] ill:雪路凹子
[ハニートラップ] ill:麻々原絵里依
[あの頃、僕らは三人でいた] ill:yoco

菅野 彰

[毎日晴天!] シリーズ1～12巻 ill:二宮悦巳
[高校教師、なんですが。] ill:山田ユギ
[かわいくないひと] ill:葛西リカコ

杉原理生

[親友の距離] ill:穂波ゆきね
[きみと暮らせたら] ill:高久尚子
[息もとまるほど] ill:三池ろむこ
[恋を綴るひと] ill:葛西リカコ
[制服と王子] ill:井上ナヲ
[星に願いをかけながら] ill:松尾マアタ

砂原糖子

[シガレット×ハニー] ill:水名瀬雅良
[灰とラブストーリー] ill:穂波ゆきね

春原いずみ

[真夜中に歌うアリア] ill:沖銀ジョウ
[警視庁十三階にて]
[警視庁十三階の罠] 警視庁十三階にて2 ill:宮本佳野
[略奪者の弓] ill:Ciel

高岡ミズミ

[人類学者は骨で愛を語る] ill:汞りょう
[僕が一度死んだ日] ill:穂波ゆきね
[闇夜のサンクチュアリ] ill:高階 佑
[鬼の接吻] ill:禾田みちる

高尾理一

[鬼の王と契れ] ill:石田 要

高遠琉加

[神様も知らない]

キャラ文庫既刊

［楽園の蛇　神様も知らない2］
［ラブレター　神様も知らない3］　ill：高階 佑

田知花千夏

［男子寮の王子様］　ill：高星麻子
［はじめてのひと］　ill：橋本あおい

谷崎 泉

［諸行無常というけれど］
［落花流水の如く　諸行無常というけれど2］　ill：金ひかる

月村 奎

［そして恋がはじまる］全2巻　ill：夢花 李
［アプローチ］　ill：夏乃あゆみ

遠野春日

［高慢な野獣は花を愛す］　ill：汞りょう
［華麗なるフライト］
［管制塔の貴公子　華麗なるフライト2］　ill：麻々原絵里依
［砂楼の花嫁］
［花嫁と誓いの薔薇　砂楼の花嫁2］　ill：円陣闇丸
［玻璃の館の英国貴族］　ill：円屋榎英
［芸術家の初恋］　ill：穂波ゆきね
［欲情の極華］　ill：北沢きょう
［獅子の系譜］
［獅子の寵愛　獅子の系譜2］　ill：夏河シオリ
［蜜なる異界の契約］　ill：笠井あゆみ
［黒き異界の恋人］　ill：笠井あゆみ
［真珠にキス］　ill：乃一ミクロ
［疵と蜜］　ill：笠井あゆみ

中原一也

［仁義なき課外授業］　ill：新藤まゆり
［後にも先にも］　ill：梨とりこ
［居候には逆らえない］　ill：乃一ミクロ
［中華飯店に潜入せよ］　ill：相葉キョウコ

［親友とその息子］　ill：兼守美行
［双子の獣たち］　ill：笠井あゆみ
［野良犬を追う男］　ill：水名瀬雅良
［ブラックジャックの罠］　ill：小山田あみ
［媚熱］　ill：みずかねりょう
［検事が堕ちた恋の罠を立件する］　ill：水名瀬雅良

凪良ゆう

［恋愛前夜］　ill：穂波ゆきね
［求愛前夜　恋愛前夜2］　ill：穂波ゆきね
［天涯行き］　ill：高久尚子
［おやすみなさい、また明日］　ill：小山田あみ
［美しい彼］　ill：葛西リカコ

成瀬かの

［世界は僕にひざまずく］　ill：高星麻子

西江彩夏

［片づけられない王様］　ill：麻生ミツ晃

西野 花

［溺愛調教］　ill：笠井あゆみ

鳩村衣杏

［共同戦線は甘くない！］　ill：桜城やや
［やんごとなき執事の条件］　ill：沖銀ジョウ
［汝の隣人を恋せよ］　ill：和鐵屋匠
［両手に美男］　ill：乃一ミクロ
［友人と寝てはいけない］　ill：小山田あみ
［歯科医の弱点］　ill：佳門サエコ

樋口美沙緒

［八月七日を探して］　ill：高久尚子
［他人じゃないけれど］　ill：穂波ゆきね
［狗神の花嫁］
［花嫁と神々の宴　狗神の花嫁2］　ill：高星麻子

［予言者は眠らない］　ill：夏乃あゆみ

火崎 勇

［荊の鎖］　ill：麻生 海
［お届けにあがりました！］　ill：山田シロ
［灰色の雨に恋の降る］　ill：星ソラ
［牙を剥く男］　ill：汞りょう
［満月の狼］　ill：有馬かつみ
［刑事と花束］　ill：夏珂
［足枷］　ill：Ciel
［龍と焔］　ill：いさき李果
［理不尽な求愛者］　ill：駒城ミチヲ
［理不尽な恋人　理不尽な求愛者2］　ill：駒城ミチヲ
［ラスト・コール］　ill：石田 要
［哀しい獣］　ill：佐々木久美子
［ぬくもりインサイダー］　ill：みずかねりょう

菱沢九月

［小説家は懺悔する］シリーズ全3巻　ill：高久尚子
［夏休みには遅すぎる］　ill：山田ユギ
［本番開始5秒前］　ill：新藤まゆり
［セックスフレンド］　ill：水名瀬雅良
［ケモノの季節］　ill：汞りょう
［年下の彼氏］　ill：穂波ゆきね
［好きで子供なわけじゃない］　ill：山本小鉄子
［飼い主はなつかない］　ill：高星麻子

松岡なつき

［NOと言えなくて］　ill：果桃なばこ
［WILD WIND］　ill：雪舟 薫
［FLESH&BLOOD①～㉓］　ill：①～⑪雪舟 薫／⑫～彩
［FLESH&BLOOD外伝 ―女王陛下の海賊たち―］

キャラ文庫既刊

[FLESH&BLOOD外伝2 —祝福されたる花—] ill：彩
[H・K《ホンコン》ドラグネット] 全4巻 ill：乃一ミクロ
[流沙の記憶] ill：彩

水原とほる
[青の疑惑] ill：彩
[午前一時の純真] ill：小山田あみ
[春の泥] ill：宮本佳野
[金色の龍を抱け] ill：高階 佑
[災厄を運ぶ男] ill：葛西リカコ
[義を継ぐ者] ill：高階 佑
[夜間診療所] ill：新藤まゆり
[蛇喰い] ill：和鐵屋匠
[気高き花の支配者] ill：みずかねりょう
[二本の赤い糸] ill：金ひかる
[The Barber—ザ・バーバー—]
[The Cop—ザ・コップ— The Barber2] ill：兼守美行
[ふかい森のなかで] ill：小山田あみ
[彼氏とカレシ] ill：十月絵子
[愛と贖罪] ill：葛西リカコ
[雪の声が聞こえる] ill：ひなこ
[愛の嵐] ill：嵩梨ナオト
[女郎蜘蛛の牙] ill：高緒 拾
[囚われの人] ill：高崎ぼすこ

水無月さらら
[九回目のレッスン] ill：高久尚子
[裁かれる日まで] ill：カズアキ
[主治医の采配] ill：小山田あみ
[新進脚本家は失踪中] ill：一ノ瀬ゆま
[美少年は32歳!?] ill：高星麻子
[元カレと今カレと僕] ill：水名瀬雅良

[ベイビーは男前] ill：みずかねりょう
[寝心地はいかが?] ill：金ひかる
[18センチの彼の話] ill：長門サイチ
[メイドくんとドS店長] ill：高久尚子

水壬楓子
[桜姫] シリーズ全3巻 ill：長門サイチ
[シンプリー・レッド] ill：汞りょう
[作曲家の飼い犬] ill：羽根田実
[本日、ご親族の皆様には。] ill：黒沢 椎
[森羅万象 狼の式神]
[森羅万象 水守の守]
[森羅万象 狐の輿入] ill：新藤まゆり

宮緒 葵
[二つの爪痕] ill：兼守美行
[蜜を喰らう獣たち] ill：笠井あゆみ

夜光 花
[シャンパーニュの吐息] ill：汞りょう
[君を殺した夜] ill：小山田あみ
[七日間の囚人] ill：あそう瑞穂
[天涯の佳人] ill：DUO BRAND.
[不浄の回廊]
[二人暮らしのユウウツ 不浄の回廊2] ill：小山田あみ
[眠る劣情] ill：高階 佑
[愛を乞う] ill：榎本
[束縛の呪文] ill：香坂あきほ
[ミステリー作家串田寥生の考察] ill：高階 佑
[バグ①〜②] ill：湖水きよ

吉原理恵子
[二重螺旋]
[愛情鎖縛 二重螺旋2]
[攣哀感情 二重螺旋3]

[相思喪曖 二重螺旋4]
[深想心理 二重螺旋5]
[業火顕乱 二重螺旋6]
[嵐気流 二重螺旋7]
[双曲線 二重螺旋8]
[不響和音 二重螺旋9] ill：円陣闇丸
[間の楔] 全6巻 ill：長門サイチ
[影の館] ill：笠井あゆみ

渡海奈穂
[兄弟とは名ばかりの] ill：木下けい子
[小説家とカレ] ill：穂波ゆきね
[学生寮で、後輩と] ill：夏乃あゆみ

〈四六判ソフトカバー〉

英田サキ
[HARD TIME DEADLOCK外伝] ill：高階 佑

ごとうしのぶ
[ぼくたちは、本に巣食う悪魔と恋をする] ill：笠井あゆみ

凪良ゆう
[きみが好きだった] ill：宝井理人

菱沢九月
[同い年の弟] ill：穂波ゆきね

松岡なつき
[王と夜啼鳥《ナイチンゲール》 FLESH＆BLOOD外伝] ill：彩

吉原理恵子
[灼視線 二重螺旋外伝] ill：円陣闇丸

〈2015年3月27日現在〉